我が友、スミス

石田夏穂

集英社文庫

我が友、スミス

火曜は脚の日だ。五台横に並べられた右端のパワー・ラックに陣取ると、まずはバーベルを引っ掛けているフックの高さを調整した。右のフックを、ずずずと二十センチほど下げる。左のフックも、同じ高さに合わせる。私の身長は、一五五センチだった。

バーベルが肩の高さになると、肘をやや曲げ、バーベルを目の前に握った。ひんやりと冷たいバーベルを支えに、片方ずつ脚を前後にぶんぶん振る。一分足らずの見様見真似《みようみまね》のウォーム・アップだ。脚の付け根に、引っ張られるような感覚が走った。

屈《かが》み込み、バーベルの下に肩を添える。重り《プレート》をつけていないバーベルは、だいたい二十キロだ。すっと立つ。直立すると、バーベルの下に入っていた親指を、他の指と同じ位置に添え直す。こうしないと、どういうわけか、最下点で踏ん張った時に手首が痛くなるのだ。私にこのマニアックなアドバイスを施したのは、このジムの従業員だった。実際にやってみると、本当に手首の苦しさは解消した。脚幅を調整し、正面の鏡に顔を向けると、どこか澄ました顔の自分が、間抜けにバーベルを担いでいる。

息をつくと、ひょこひょこと十回スクワットした。終わるとバーベルをフックに戻し、左右に五キロのプレートをつけ、スプリング・カラーで固定した。三十キロで、もう十回やる。さらにプレートを追加し続け、五十キロになった時点で、一度水筒の水を飲んだ。ここからが本番なのだ。

バーベル・スクワットはしんどいが、どうしても外せない種目だ。動員する筋肉が多いだけに、達成感もひとしおだからだろう。考えてみれば、筋トレというのは、実に不思議な行為だ。大方誰にも頼まれていないのに、重りを持ち上げたり、引っ張ったり、振り回したり、特定の非日常的な動作を繰り返すのだから。そこだけ抜き出した光景には、何やら前衛パフォーマンスのようなシュールさが漂う。

五十キロは、私の体重に等しい。おりゃっと担ぐと、真《ま》っ直《す》ぐ立っているだけで、なかなかの負荷になる。バーベル直下にある骨と骨の間隔が詰まり、身長が縮む錯覚を覚える。だが、ここで「重い」とか「止《や》めよう」とか「できない」とか、余計なことは考えない。私は無慈悲な指揮官よろしく、スクワットを始める。深々と腰を落とす、スローモーションのスクワットだ。私の赤く上気してきた額には、てらてらと汗が反射する。

職場と自宅の中間にあるGジムに入会してから、一年と三か月が過ぎた。Gジムの唯一にして最大の欠点は、スミスが一台しかないことだ。スミスもといスミス・マシンは、バーベルの左右にレールがついたトレーニング・マシンである。レールがついているとバーベルの軌道が自《おの》ずと定まるため、バランスに気を使う必要がない。つまり、ダンベルないしバーベルのみで行う「フリー」では危なっかしいチャレンジングな高重量でも、スミスなら比較的安全に扱うことができる。

二十分後、バーベル・スクワットを終えた私は、ジムの端に位置するスミスの様子を窺《うかが》った。視線の先ではネイビー・カットの三人組が、依然としてベンチ・プレスに励んでいる。私はあのスミスで次の種目をやりたかった。ところが、あの三人組の様子では、あと百年はスミスを明け渡さないかに見える。三人組はプレートを増やしたり減らしたりしながら、順繰りにスミスの中で踏ん張っていた。合同トレーニング、ないし「合トレ」だが、会社員の私は百年も待機するわけにはいかず、仕方なく予定を変更することにした。筋トレくらい、一人でやれよ。一匹狼《いっぴきおおかみ》の私は、胸の中で嚙《か》みつく。

パワー・ラックを離れ、混んでいないレディースのダンベル・エリアに向かう。混んでいないというより、そこは無人だった。何年も前に貼られたと思《おぼ》しきピンク色のガムテープが、床に四角く「レディース・エリア」を縁取っている。やましい特別感と僅かな孤独を覚える、入口脇の三畳間だ。

次の種目は、ブルガリアン・スクワットだった。この業界では筋トレのことを「種目」と呼ぶ。Gジムに入会した頃の私は、この言葉遣いが妙に恥ずかしく、もっぱら「筋トレ」と呼び続けていた。しかし最近になって「種目」と自然に口にするようになった。

ブルガリアン・スクワットは、後方にセットしたトレーニング・ベンチに、片足を乗せた状態で行うスクワットだ。片方の足はベンチから靴三つ半分ほど前に据え、もう片方はベンチに足の甲を置く。片足で全体重を支えるだけあって、相当にきつく、翌日は筋肉痛必至の効果的な筋トレ、いや、種目である。

ブルガリアン・スクワットは国際的な知名度を誇る種目で、その名が示す通り、ブルガリア発祥とされる。いや、ブルガリア人が最初にやったのだったか。同じブルガリアン・スクワットでも、細分化されると名前が長くなる。例えばバーベルを担いで行うのであれば「バーベル・ブルガリアン・スクワット」。ダンベルを持って行うのであれば「ダンベル・ブルガリアン・スクワット」。そして、スミス・マシンを使って行うのであれば「スミスマシン・ブルガリアン・スクワット」。こうなるとバトル系少年漫画のような技名ならぬ種目名になる。つまり、私がやりたかったのは「スミスマシン・ブルガリアン・スクワット」だったわけだ。

やや妥協した気分で六キロのダンベルを両手に持つと、私はダンベル・ブルガリアン・スクワットを始めた。私がダンベルよりバーベルを好むのは、単にダンベルだと落としそうになるからだ。本来の目的である下半身が悲鳴を上げる前に握力のほうが先に参ってしまうのだ。もっともこれは筋トレではよくある事態だった。部位Aを鍛えるために、部位Bに最低限の筋力がなければならない。そうなると、まずは部位Aのために部位Bを鍛えるという、謂《い》わば筋トレのための筋トレが生じる。懸垂のできない者が、懸垂をするためにせっせと腕立て伏せに取り組むのと同じだ。しばしば筋トレには、そうした戦略が必要になる。

前に出したほうの脚を九十度に曲げた時、膝が爪先より前に出ると、膝を痛める原因になる。足裏の位置とフォームに注意しつつ、私の頭は、無意識に「ブルガリア」なる土地に思いを馳《は》せていた。行ったこともなければ、今後行く予定もなく、ヨーグルトという極めて漠然とした連想しかできない国だ。世界地図の、一体どこに位置しているのだろう。

休憩を挟みながら二十分間ダンベル・ブルガリアン・スクワットをすると、私は次の種目で十秒ほど悩んだ。スミスは依然として塞がっている。何となく国際的な気分だったため、同じ下半身系の種目であるルーマニアン・スクワットをすることにした。

ルーマニアン・スクワットは、片足をベンチに乗せるところはブルガリアン・スクワットと同じだが、より尻と腿裏《ももうら》、すなわち「ハムストリングス」を狙う。この種目では膝をやや曲げたところで脚の角度を固定し、尻を蝶番《ちょうつがい》のようにしながら、上体をじっくりと動かす。可動域にこだわらず、しっかり「ハム」に負荷が掛かっているのを意識しながら行うのがポイントだ。

ダンベルは、六キロから八キロのものに持ち替えた。背中を曲げると腰を痛める恐れがあるため、例によりチラチラと横の鏡を見ながら行う。この比較的「上級トレーニー向け」とされるGジムの壁には、至る所に鏡がある。ちなみに「トレーニー」とは筋トレをする人のことだ。これも私が最近になって使えるようになった言葉である。

やはりルーマニアンというのだから、ルーマニア発祥なのだろうか。私は鼻先を流れる汗の痒《かゆ》さに耐えながら、つんと刺激の走る尻に力を込めた。やはりルーマニアがどこにあるのかは知らないが、ブルガリアに近いところにある雰囲気だ。旧共産圏的な？　そういえばGジムには「ケトルベル」なるものがあった。ダンベル、バーベル、ケトルベルの重量三兄弟である。ケトルベルは薬缶《やかん》に似た形をした鉄の塊で、ロシア発祥とされる。しかし「ケトル」は私が知っているくらいだから、英語じゃないのか。いずれにせよ、この業界にどういうわけか旧共産圏の気配が濃厚なのは、素人ながら実に興味深いことだった。何の脈絡もなく「サイタマン・スクワット」なる新種目が思い浮かぶと、ダンベルを慎重に床に下ろしながら、私は小さく噴き出した。何を隠そう、私は埼玉県出身だった。

そうして私が一人にやにやするという気持ち悪い感じになっていた時、レディースのダンベル・エリアには、他の人がいた。振り返ると、スマホを全身鏡に向け撮影に励むS子がいる。例によりS子はブランドものの「ウェア」を着用している。何とかというブランドが何とかとコラボしたスポーツ・ブラとレギンスだ。今日のスポーツ・ブラは「期間限定販売」の「チェリー・ピンク」で、レギンスは「新発売」の「スマート・アイボリー」である。上下の合計金額は、私の所有する全服飾と同程度だろうと思われた。S子は熱心にポーズを変えながら、納得の一枚を追求していた。

お前、小馬鹿にする割には、随分とS子に詳しいじゃねえか。正しい指摘だ。こうしたストーカーじみた情報を、私はS子のインスタから得ているのである。

入会の折に、Gジムのアカウントをフォローすると五千円也《なり》の入会金が半額になるという話だった。私は言われるがままアカウントを作成し、その場でGジムをフォローした。その後Gジムの投稿を眺めているうちに、偶然同じフォロワーだったS子に行き着いたのだ。そのためS子S子と馴《な》れ馴れしく呼んではいるが、S子は私が一方的に知っているだけだ。S子のほうも、ああ、よくこの時間帯にいる地味な人ね、程度には私を認識しているだろうが、それだけである。

筋トレ開始時、S子は必ず自撮《じど》り写真をインスタに投稿する。腹を薄く絞ったS子の撮影風景は、真剣そのものだった。グッと息を詰めながら、何食わぬ顔をキープしている。S子は私と同程度の鍛え方をしており、腹に横の線は見えないものの、縦には薄《う》っすらと三本の線が入っている。S子は実のところ大手美容外科クリニックに勤める外科医だ。職業柄か傍《はた》から見ても美意識は相当に高く、偶《たま》に擦れ違ったりするといい匂いがする。しがない会社員の私からすれば羨ましい限りだ。

とは言いつつ、私は内心S子を下に見ていた。「多忙」な割に一時間に一度はインスタのストーリーに投稿するS子を、何かしょうもねえなと感じていた。投稿にスクロールできるくらい数多《あまた》のハッシュタグがついていると、この八分の一くらいでいいのにと謎に悲しくなった。早朝のウォーキング風景を、オーガニックな食生活を、出勤時の「コーデ」を、新しく買った各種商品を、大会に向けた「コンディショニング」を、毎日欠かさず五千人前後のフォロワーに披露するS子。もっとも、しょうもないのはS子というより、そういうS子からずるずると目を離せない私自身だった。

私がS子の動向を追い続けるのは、手っ取り早く安心感に似たものが得られるからだろう。こういう雲の上にいるような人も、ある程度は人並みの見栄《みえ》や虚栄に翻弄されつつ生きているのだということ。なまじっか当人を目の前にする機会があったから、その実感は殊に生々しかった。

とは言え、そんな実感に深い意味があるわけではない。そのとき私はS子の向こうにあるダンベル・ラックにダンベルを戻したかったため、一秒ほどS子の立ち位置を邪魔だと感じただけだった。S子を迂回《うかい》する私の軌道は、ばっちり化粧を施したS子の前では死にかけの蚊のようだ。

頭を切り替え、再度、ジムの端に視線を飛ばす。

果たして、そこだけ時間が進まなかったかのように、なおもスミスは占拠されていた。

「………」

私は五歳児だったら地団太を踏みたい気分だった。全く、誰も彼もスミスが好きなのはわかるが、今日は実についてない。最もハードな脚の日である今日は、通常より一時間早く出社し、昼休みも手を止めず、辛《から》くも定時で仕事を片付けてきたのに。ダンベルでスクワット系の種目はこなしたものの、やはりスミスで追い込まないと翌日の筋肉痛は手温《てぬる》いのだ。

スミスが使えない状況自体は、何も珍しくなかった。スミスの人気もさることながら、何しろ一台しかないのだ。その理由も明快だった。ただのフレームであるパワー・ラックとは違い、レールのついたスミスは高価なのである。スミスをパワー・ラックのように五台も六台も揃《そろ》えられないのは、このジムの財政的にも床面積的にも頷《うなず》ける話だった。

この日、私がとりわけ憤慨したのは、何も生理中だからではなかった。占拠しているのが三人組だったからだ。スミスの利点の一つに、補助がいらないというのがある。スミスのバーベルはレールに沿って稼働し、必要に応じてストッパーも使えるため、フリーでチャレンジングな高重量を扱う際に必要とされる補助が不要なのである。補助はふらついたバーベルを支えたり、取り落とさないよう脇から手を添える役割だ。バーベルという二十キロの鉄棒は、ちょっと間違えると凶器になる。

何が言いたいかというと、私にとって、スミスは一匹狼のトレーニーのためにあるということだ。仲間が三人もいるなら、フリーのベンチ・プレスをすればいいじゃないか。義憤に駆られ、私は鼻息を荒くした。この真理を、あの三人組に解説してやろうか。私は揃いの色違いタンクトップに身を包む三人組を睨《にら》んだ。三人組は延々とスミスと戯れ、壁の時計を見ると、かれこれ五十分近く使い続けているではないか。

言うまでもなく、そんなことをする度胸は、私にはない。代わりにスミスの隣にあるパワー・ラックに陣取ると、当初の予定にはなかったバーベル・ワイド・スクワットをすることにした。これは単に大股で行うバーベル・スクワットだ（ちなみに「ナロー・スクワット」もある）。隣に居座ることにより、三人組に無言のプレッシャーを掛ける魂胆だった。しかし、というか案の定、三人組がこちらに注意を払う様子はなかった。

三人組のレッド（赤いタンクトップ）が、左右に五十キロずつプレートを引っ掛けたバーベルを、ぷるぷると踏ん張りながら持ち上げる。口を一文字に結んだ、思い詰めたような必死の表情だ。腕が伸び切った時、その上腕には破裂しそうな静脈が浮き上がる。規則的な荒い息遣いが、私の耳許《みみもと》まで伝わって来る。

「K野さん、あと三回っすっ」

「いいよおっ、いけるよおっ」

BGMが如《ごと》きグリーンとイエローの声援は、奮闘中のレッドの呼気に負けぬほど熱を帯びていた。イエローが景気づけのように、パンパンと手の平を叩《たた》き合わせる。それに触発されたのか、グリーンも分厚い手の平のシンバルを打ち鳴らす。

この、猿どもっ。

私も、スミス使いたいよっ。

私が降参し、Gジムを後にしたのは、二十分後だった。

あなた、今年はどの大会に出るの？

契機となったのは、翌週の土曜だった。

土曜は背中の日だ。そのとき私はデッド・リフトに取り組んでいた。俗に言う「筋トレ・ビッグ3」の一つに数えられるデッド・リフトは、床に下ろしたバーベルを股座《またぐら》まで持ち上げる種目だ。背中を曲げずに行うことと、膝をやや曲げた状態で行うことがポイントであり、そうすることでバーベルの重量が効果的に背中の筋肉に伝わる。

私は例により、いつ購入したのか神のみぞ知る襟ぐりがしおしおになったTシャツで筋トレに励んでいた。前屈みになり、足許に置いたバーベルを両手で摑《つか》む。握力を補うパワー・グリップ越しに、持ち上げる前から鉄の重量を感じる。尻を目一杯後ろに突き出し、しつこいほど背中を真っ直ぐにする。その状態で正面の鏡に顔を向けると、胸許が不注意な一昔前の小学生のように若干露《あらわ》になった。しかしGジムに限り、そんなことは気にしなくていい。この場では誰もが自分の筋肉にしか興味がないからだ。そういう無関心を、私は心地良いと感じる。

脚に比べ、私の背中は格段に弱い。六十キロにしたバーベルをふんふんと十五回持ち上げると、早くも額には汗が滲《にじ》んだ。私にとりデッド・リフトの難しさは、効かせたい背中の筋肉より先に、腰が参ってしまうことだ。筋トレにおいて、腰の酷使は厳禁とされる。腰に負担が掛かるならフォームの改善を図るか別の種目に切り替えたほうがいい。

O島が話し掛けてきたのは、三セット目が終わった時だった。

当初、私は自分が話し掛けられたことに気がつかなかった。土曜の午前中も、Gジムはかなり混んでいる。声は耳に入ったが、他所《よそ》の会話だと思った。

「背中を頑張る人は、一線を越えちゃったよね」

曰《いわ》く、背中は鏡がないと見えない部位だ。にもかかわらず背中を鍛えるのは「一線を越えた」トレーニーの証《あかし》らしい。O島は白い歯で笑った。

「いい背中をつくるには、種目の数を増やさないとね。普段は意識しないけど、背中の筋肉には色々な負荷の掛け方があるから。背中が強いと武器になるよ」

O島は、私のデッド・リフトを最初から見ていたらしい。そのまま何点か私に具体的なアドバイスを施した。突然の声掛けにたじろいだものの、私は有難くO島のアドバイスを頂戴した。そのときはO島をGジムの従業員だと思った。しかし、その立ち姿といい、ポロシャツ越しの張り出した大円筋《だいえんきん》といい、三度見するほどメリハリのあるヒップとウエストの比率といい、O島が只者《ただもの》ではないことは早い段階で明らかだった。

「あなた、今年はどの大会に出るの？」

「大会？」

私は、スカウトされていたのだ。

O島は「トレーニングが終わったら受付横のラウンジに来て」と、私の肩を叩いた。

「U野さんは、いつトレーニングを始めたの？」

「一年ほど前です」

「きっかけは？」

私が迷っていると「ダイエット？」「他にスポーツやってるの？」「健康診断で医者に言われた？」などなど、O島は先を促した。

「運動不足だったので、筋トレしようかなと」

何とも煮え切らない返事だ。私は自分で自分に呆《あき》れながら、パチパチと瞬《まばた》きした。そんな有様だったが、O島は「なるほど」と頷いた。

「それにしても、一年しかやってない割には鍛え方すごいね。パーソナルとかはやってる?」

「いえ、やってないです。でもたまにジムの人に教えて貰《もら》ったりはします」

「いつもどれくらい追い込むの?」

「それほどには」

癖のように謙遜したが、翌日筋肉痛が来る程度を目安に私は毎回追い込んでいた。

予想通り、O島はボディ・ビルの選手だった。四十八歳の今は現役を引退したものの、二十年以上にわたりGジムの特別トレーナーを務めた人だ。普段は関西のGジムを拠点にしているが、今日は久し振りに関東のGジムに足を運んだのだという。というのもO島は来月から隣の区でパーソナル・ジムを立ち上げるからだ。既に準備は整っており、来るオープン日を待つばかりらしい。

「いまどきパーソナル・ジムって掃いて捨てるほどあるけど、うちのターゲットは真剣に身体《からだ》を鍛えたい人なの。それこそ大会で上位入賞を狙ってるような人」

要は勧誘というわけだ。私はそのことに気づいたが、O島と同席し続けた。O島の新しいジムにさほど興味はなかったが、O島の放つ弾《はじ》けるような生気にあてられた感じだった。それにしても、受付の真横で他所のジムの勧誘行為に及ぶとは、何とも豪胆なことだ。しかしO島はGジムでは名の知れた重鎮のためか、受付にいた店長も我々には気づいていたが、特に迷惑そうな顔をすることもなかった。それどころか店長は我々に作りたてのプロテインを持ってきてくれた。通常であれば三百六十円の食券を購入しなければならない、Gジム特製のホエイ・プロテイン（四十グラム）だ。

Gジムにある高性能の体重計によると、私の体脂肪率は二十二パーセントだった。

「ダイエットとかしたことある？」

「いえ、特には」

「食べるの好き？　我慢できるほう？」

今になって思い返せば、そんな漠然とした質問には答えようがないし、答えたとしても何の参考にもならないだろう。しかし何の根拠もないままに、私は「できると思います」と答えていた。そう自然と口にし、噓《うそ》をついている感覚もなかった。私は無意識にせよ、O島が喜ぶように答えていたのだ。

「大会とか、今まで考えたことなかった？　目標があったほうがモチベーションになるよ」

「なかったです。ぜんぜん自分とは違う世界という感じがして」

この回答ばかりは、私の率直な所感だった。

O島の新しいジムの住所を教えられ、私は彼《か》の地に来月見学に行くことになった。飲み干したプロテインが、私の口周りに白い髭《ひげ》を作った。そのジムは、奇《く》しくも通勤定期券内だった。


翌月の週末、私はT区の繁華街にいた。

いちど立ち止まると、私はその雑居ビルの八階を眩《まぶ》しく見上げた。予想に反し、個人で立ち上げるパーソナル・ジムにしては大型だった。

O島と会った次の日、私は普段利用しないGジムのスタジオに、O島の写真と戦歴が掲げられているのを発見した。額縁に収められたO島は、左右に連なる他のボディ・ビルダー達の中で、永遠に競技中のような存在感を放っていた。

調べてみると、ボディ・ビルを始めとするフィットネス系の大会は、全国各地で星の数ほど催されていることがわかった。O島が七連覇したのは、その中で最も「ガチ」とされる、BB《ボディ・ビル》大会という老舗の大会だった。BB大会を主催するBB協会は、戦後間もない頃から日本のボディ・ビルを牽引《けんいん》してきた団体であり、今ではO島自身がBB協会の理事でもあった。

写真の中のO島は、ついきのう対面した人物とは別人かに見える煌《きら》びやかさだった。ステージ上で満面以上の笑みを湛《たた》え、堂々たるポーズをとっている。その筋骨隆々の身体つきは、否応《いやおう》なく人目を引いた。こんなに人間の身体は鍛えられるものなのか。私は路傍の雑草のように、頼りなく背伸びした。

私にとって、人前に立つ自分は、上手《うま》く想像できないものだった。そのままO島の額縁を見上げていたら、いつの間にか五分が経過し、これからスタジオを使うエアロビクスの一団に退出を命じられた。しかし、そんな束《つか》の間《ま》の恍惚《こうこつ》はあったものの、それが別世界のことだという印象は変わらなかった。熱心にブルガリアン・スクワットに取り組みながら、別にブルガリアが身近でないのと同じだ。こういう世界があるのかと見識が広がりはしたが、それ以上はなかった。

そのジムは、代表者であるO島の下の名前を冠した、Nジムという名前だった。気恥ずかしく入店すると、店内は雪原のような白い空間だった。真新しいタイルが白いのか特殊っぽい照明が白いのか、判断が難しい。いい匂いがし、天井が意外なほど高かった。BGMが有名どころの洋楽メドレーなのはGジムと同じだ。

O島は自らジム内を案内してくれた。

パーソナル・ジムという触れ込みだったが、会員になれば好きな時にジムを利用できるという。ただし最低週に一回のパーソナル・トレーニングは受けなければならない。白い廊下の先を行くO島の背に続きながら、私は手渡されたパンフレットをそっと覗《のぞ》き見た。料金表によると、月会費はGジムの二・五倍だ。捻出できない額ではないが、Gジムの月会費に慣れているため、ちょっと高額だと感じる。

更衣室とトイレの場所を案内された後、角を曲がり、私は「おおっ」と声を上げた。

目の前に広がるトレーニング・エリアは、そう広くもないのだろうが、Gジムのようにマシンがみっちり詰め込まれているわけではないため、広々として見えた。三日前にオープンしたばかりにもかかわらず、既に三人のトレーニーが黙々と汗を流している。三人はO島に気がつくと、それぞれ挨拶した。器具はフリー系とマシン系が半々程度だった。

筋トレには、大まかにフリー系とマシン系がある。前者はダンベルまたはバーベルを使う種目で、後者は部位ごとの専用マシンを使う種目だ。と、定義的な違いは以上なのだが、両者の間には微妙な上下関係がある。何とはなしに、フリー系に取り組んでいるほうが「エラい」「本格的」「カッコいい」という位置づけなのだ。確かに自分で軌道やバランスを確保しなければならないフリー系のほうが上級者向けとされており、マシン系では使わないインナー・マッスルも鍛えられるとされる。マシン系だと、フリー系ほどの自主性は求められないことが多い。さらにマシンを使うと、どうしても器具のあちこちに負荷の逃げ場が生じ、狙いの筋肉に上手く刺激が入らないこともある。例えば私などは、マシンのクッションと素肌の間に摩擦が生じ、知らずその力を利用してしまっていることがある。

本来、筋トレには上も下もなく、本物の上級者はどちらも効果的に使いこなすのだが、それにしてもマシン系よりフリー系のほうが「上」とされる雰囲気には、何やら根強いものがあった。「マニュアル車の免許のほうがオートマ車の免許より上」なる価値観に少し似ている。私自身も若干フリー系のほうがエラいと思っていた。そのため、新興ジムなのに真新しいマシンに飛びつかず、古典的なダンベル・ラックが堂々と場所を占めるそのトレーニング・エリアに、私はNジムの一流っぽさを感じた。

しかし、私が「おおっ」と驚いたのは、その点ではなかった。

「スミス、三台もあるんですねっ」

視線の先には、仲良く並ぶピカピカのスミスがあった。しかもこの部屋では最も眺望のいい窓際の特等席だ。三台の近くに寄ると、それぞれのレールの傾きが微妙に異なることに気づいた。そのことをO島に述べると「いや、レールの傾きはここで調整できるのよ」と、O島は実際に動かしてみせながら答えた。私は「どこでもドア」を目の当たりにした時のようなリアクションを示した。そんな調整のできるスミスがあったとは知らなかった。そういう次第で、見学を終えた頃には、Nジムに惹《ひ》かれていた。

O島に、Nジムの立地、施設ともに気に入ったが、一介のサラリーマン故に、月会費がネックであることを正直に伝えた。すると、O島はさらりと衝撃的な条件を口にした。

「BB大会に出場する会員は入会金無料、月会費は半額だよ」

えええええ。予想だにせぬ割引制度に、私は目を点にした。BB大会を主催するBB協会は、我が国におけるボディ・ビル界のドンだ。今更のように、O島の第一声が「今年はどの大会に出るの?」だったことを思い出した。

それは、有難い話だが。

なぜ、それほど大会出場にこだわるのか。単に筋トレに励むだけでは駄目なのか。

問うと、O島は私に横顔を向けた。

そう、O島は私の想像する以上に、熱い人間だった。その胸にはマイナーな競技の選手でなければ宿らないであろう、不屈の野心があった。昔は女がジム通いすると、白い目で見られたという。トレーニングを積めば積むほど「変なやつ」

と言われ、男の真似をするなと笑われたり、諭されたりした。それでも競技にしがみつき、自らの価値観を信じ続けたのがO島の半生だった。

そんな御時世でも、Gジムは比較的O島のようなトレーニーに寛容だった。

「これでも恩義を感じてたから、Gジムには二十年以上いたな。でもGジムは好きなんだけど、あの中にいると、どうしても私みたいな選手は傍流扱いになっちゃうのね」

それでも時代は流れた。女性の筋トレ人口はめきめきと増え、フィットネス系の大会も至る所で開催されるようになった。そのことは手放しで嬉《うれ》しい。だがO島は、そのことが逆に、自らの切り開いてきた道を狭めてしまうのを感じるという。女性がジム通いする理由は、ダイエットや美容のためが大半だ。そこに筋肉をつけたい、力が欲しい、強くなりたいという理由は、意外なほど見当たらなかった。

そうした傾向は、近年の審査項目にも表れていた。曰く「過度に発達した筋肉は減点対象」「女性らしい丸みは加点対象」「男性的なイメージは減点対象」。世間はがちがちに鍛えた女性を嫌厭《けんえん》しがちである。さらに最近の大会には、総合芸術だとばかりに鍛え方とは関係ない審査項目が多かった。曰く「肌の美しさも審査対象」「表情も審査対象」「ステージ上での振る舞いも審査対象」「来年度からはイブニング・ドレスの着こなしも審査対象」「知性・人格・誠実さも審査対象」。「知性・人格・誠実さ」は、一体どう審査するんだという感じだが、出場選手のSNSを随時チェックすることで評価するらしい。

O島は業界の人間として明言は避けたが、O島の考えが、私にも薄っすらと理解できた。なるほど、パイオニアたるO島からすれば、近年の大会は鍛え方を競うフィットネス大会というより、ミスコンの亜種に見えるだろう。女性のフィットネス化は大いに歓迎するし、そういうものだと割り切ることもできる。だが、この新しい潮流は、過去にO島が否定され、それでもなお続け、徐々に受け入れられてきた古典的なボディ・ビルの価値観を、否応なく薄めてしまうのである。

「確かにムキムキ過ぎる女って気持ち悪いよね。そういう世間の目はわかるんだけど……」

O島が自虐的になると、私の胸は小さく痛んだ。

BB協会が日本で初めてボディ・ビルの大会を開催したのは、一九五六年だ。

女子の大会が開催されるのは、それから二十七年後の一九八三年である。そんなことはどうでもいい。O島がこのほど独立を決心するに至った最大のきっかけは、昨年女子の「ボディ・ビル」が「フィジーク」という名称に変更されたことだった。

これは相当にマニアックな違いなのだが、説明させて欲しい。「ボディ・ビル」というのは所謂《いわゆる》「ムキムキ」のことで『ターミネーター』に出演する以前のアーノルド・シュワルツェネッガーがその典型と言えるだろう。もしくは『ドラゴンボール』に登場する戦闘時の悟空《ごくう》を想像していただきたい。一方「フィジーク」というのは、もう少し「シュッとした」体格を指す言葉だ(ちなみにフィジークの選手は「フィジーカー」と言う)。この体格には海辺で遊ぶジャスティン・ビーバー、もしくは『アイシールド21』に登場する進清十郎《しんせいじゅうろう》を想像して欲しい。いや、もっと端的に、ここは「ボディ・ビル」との違いをはっきりさせるという、一点のみにおいて「細マッチョ」と捉えて貰っても構わないだろう。実際のプロのフィジーカーは、とても「細マッチョ」とは呼べないが。

この「フィジーク」なる輸入品は、BB大会を根底から変えた。男子においては「ボディ・ビル」とは異なる新カテゴリーとして「フィジーク」が追加された。そこには幾ばくかの打算があったのかもしれない。一般に「ボディ・ビル」に比べ筋量の少ない「フィジーク」は、それだけ「ボディ・ビル」よりチャレンジしやすい。例えばブーメラン・パンツを着用する「ボディ・ビル」とは違い、海パン（サーフ・パンツ）を着用する「フィジーク」では、下半身の筋肉はそれほど重要視されない。とは言え「フィジーク」には「フィジーク」の熾烈《しれつ》な戦いがあるため、断じて「フィジーク」のトレーニングが「ボディ・ビル」よりヤワという話にはならないのだが、いずれにせよ「フィジーク」なる新カテゴリーは、とにかく少ないことが問題視されていた、この業界の競技人口を増やすことに貢献すると目された。

話を戻そう。前述の通り、女子において「フィジーク」は追加ではなかった。それまでの「ボディ・ビル」が「フィジーク」に変更されたのだ。その理由は「女性のボディ・ビルには、女性らしさも必要だから」。まあ、この辺の話は、ここいらで止めておこう。

「本当に強い人は、そんなことにいちいち傷つかないんだろうね」

別の日にO島は、そんなことを言った。だけど、私は何だか悲しくなっちゃった。他人に認められることに重きを置き過ぎてるのかな。そんなに認められることが大事か。認めてくれる人がいないと、お前はトレーニングできないのか。いつになく悩んじゃった。

本物のボディ・ビルダーは、きっと他人の考えなんかに翻弄されない人達だと思う。四六時中自分の身体のことしか考えない、そういう種類の強さを備えた人達だと思う。たとえ密室にいても、シビアに自分の身体を鍛えられる人。いつもより若干小さな声で話したO島は、そう言ってはにかんだものだった。

しかし、それは後日の話だ。なぜ大会出場にこだわるのか。単に筋トレに励むだけでは駄目なのか。O島はようやく私の質問に答えるところだった。

「確かに大会に出ることだけが全てじゃないけど、それでもうちのジムでは大会出場を重視するの。やっぱり外部に向けて物事を主張することには、そうしないこと以上の価値があると思うから。第三者に認められようとすることで、人は一皮も二皮も剝《む》けるものだから」

私の心は、その時までには決まっていた。

「私にも、できますかね」

これはもはや、肯定ありきの誘導尋問だった。

「U野さんなら大丈夫。自己流でここまで鍛えられるんだもん。うちで鍛えたら、別の生き物になるよ」

入会手続きを終え外に出ると、珍しいくらいに色づいた夕日が、T区を染めつつ西に沈むところだった。

帰り道、吊革《つりかわ》を握りながら、そうだ、私には上手く言葉にできなかったことがあったと思い出した。筋トレを始めたきっかけは何か。その答えは私の中で、捉えどころのない霧だった。だからあのときは運動不足云々《うんぬん》と歯切れ悪く答えたのだ。

O島の言葉は、その漂うばかりだった霧を、一気に結露させた感じだった。それには冷たく実体があり、起き抜けの私の頬を、はっと目覚めさせるように伝わった。確かにO島という人は、早朝のような人だった。

別の生き物になるよ。

そうだ、私は、別の生き物になりたかったのだ。

「最近、彼氏できたでしょ」

水曜の午前九時、PCを起動していると、同僚Aに声を掛けられた。普段は擦れ違っても会釈する程度の先輩社員だ。

「いえ、別に」

「嘘だ、髪のばしてるでしょ。それに最近、グッと痩せたんじゃない？」

あの地味なU野が恋の渦中にあると、噂《うわさ》になっているらしい。

私は肯定も否定もせず、薄笑いしただけだった。そんな野望を口にした覚えはないが「早くゴールインできるといいねっ」とAは私を鼓舞した。放っておいてくれと、私は目をパチパチとさせた。

Nジムでの指導により、来る大会当日まで髪は伸ばすことになっていた。他でもないBB東京大会でファイナリストに残るためだ。とは言えAの考察にも頷けるものがあった。入社以来、私は「チコちゃん」のようなショートカットだった。というか生まれてこの方、髪を顎より下に伸ばしたことがなかった。そういう人間が先週末、駅中の雑貨屋で黒いピン留めを買った。この歳《とし》になり髪が項《うなじ》をさわさわと動くのは気持ち悪いことだと知ったのだ。

私は、入社七年目の従業員だった。この旧弊な職場では、どんな武勇伝を語るオッサン達より、自分が最もハードボイルドだと感じていた。

昼休みになると、Aが私の様子を窺ったのに気づいた。そんなに同僚の変化が気になるか。AはBと連れ立ち、駅前のイタリアンに向かった。自席で音も無く弁当を広げると、同じ島の上司が「U野、最近どうした？」と、好奇の目で問うた。いや、めんどくせえなっ。ちょっと髪を伸ばしただけで、ここまで騒がれるとは。私がロン毛になった日にはこの会社、低迷気味の株価が暴騰するんじゃないか。

弁当の中身は茹《ゆ》で卵とブロッコリーとアスパラガスと鶏《とり》の胸肉だった。全て茹でただけだ。今は塩を振っているが、減量が本格化する八月からは、それも段階的になしになる。私は艶めく茹で卵を齧《かじ》った。

この頃になると、私にも食生活に対する一端《いっぱし》の拘《こだわ》りが芽生えていた。食べたいものを食べるのではなく、食べる必要のあるものを食べるのが当然の発想になっていた。弁当の用意時、私は自分が仙人になったような気分になる。社内売店の店員は、いつも午後四時過ぎにチョコレートを買いに来ていた私が突然姿を見せなくなり、退職したのか死んだのだと思ったという。ちなみにAには「グッと痩せた」と評されたが、体重は減っておらず、むしろ三キロ増えていた。しかし案の定というべきか、体脂肪率は二十二パーセントから十七パーセントに落ちていた。生理は順調に来る。

春夏秋冬、私は「のび太くん」ばりに同じ格好で出勤するが、先週からシャツをSサイズからMサイズに買い直すことを検討していた。従来のSサイズでは、午前八時五十五分のラジオ体操時に支障を来すようになったのだ。社内では「昭和臭い」と悪評極まる朝のラジオ体操であるが、私は昔からラジオ体操を適当にやり過ごすことができない。どうせやるならビシッとやったほうがいいと思うのだ。ところが、そんなお手本のようなラジオ体操をすると、シャツの肩周りが苦しげに引っ張られるようになった。今朝の伸びの運動時には「ビビッ」と糸が抜けるような音がし、これは上下に破れたんじゃないかと気が気ではなかった。

それにしても、人間は鍛えると、まずは腹が細くなる。次いで顔が細くなる。そして反動のように、尻と肩が大きくなる。腹が細くなった時、ベルトをしないとズボンがずり落ちそうだと心配したが、尻につかえて無事だった。

午後三時になると、私はトイレに行く体《てい》で給湯室に向かった。私の椅子から立ち上がる動作には、ロボット・ダンスのような慎重さが伴う。二日前のワンレッグ・デッドリフトによる筋肉痛が、まだ抜けていなかったのだ。筋肉痛は動き始めが強烈である。

私の手には、さり気なく半透明のシェイカーが握られている。給湯器の前に立つと、シェイカーに冷水を溜《た》め、バーテンダーの早送りのように渾身《こんしん》の力で振りまくった。蓋を開けると、泡立ったプロテインが「シューーーーーー」と、高が飲み物なのに、ものすごい音を立てている。私も少し肩で息をしている。

そう。

私は、燃えていた。

振り返ってみれば、私の人生には冬場のビタミンCのように主体性が足りていなかったのかもしれない。誰にも頼まれていないのに、これだけ私が一つのことに傾倒するのは、空前絶後だった。

私は、週七でNジムに行っていた。七回のうち五回が自主トレ、二回がパーソナルだ。自主トレは二時間程度、パーソナルは一時間である。

私のパーソナルを担当するのは、T井というトレーナーだった。現役選手の中ではO島の一番弟子である。学生の頃は重量挙げの選手だったというT井は、三十五歳ながら競技歴十年のベテランだった。BB大会では毎年ファイナリストに残る。

当初、私はパーソナルに気後れを感じたが、どちらかというと寡黙なT井は、私の性格に合っていた。T井とのパーソナルは、毎回身体をぶっ壊す勢いで取り組んだ。そのため慢性的な筋肉痛は勲章のようなもので、この頃になると、むしろ身体のどこかしらに筋肉痛がないと、私は不安を覚えるようになっていた。

Nジムに入会してから、私のトレーニングは根本的に変わった。最大の変化を遂げたのは、身体つきもさることながら、集中力だったと思う。本物の集中というやつを、私はNジムで学んだ。それまでの筋トレにおいても、ある程度の集中はしていたつもりだったが、Nジムで体得した集中力に比べれば、それは集中とは呼べない意識の持ち方だった。例えば、いくら追い込んでいても、どれだけ踏ん張っていても、ふと仕事の光景が頭を過《よぎ》る。ああ、あのメールに返信しないとなあと「なぜ今?」みたいなタイミングで考えている。かと思えば、目の前のトレーニーの呷《あお》るプロテインに心を奪われている。あれは変な色だけど、どこのメーカーのものだろう。いったい何味だろうと、今はどうでもいいのに想像を巡らす。

このように意識を切断するものを雑念と呼ぶなら、今の私のトレーニングにそれは微塵《みじん》もなかった。それこそ隣で話し掛けられても気づかぬほどの集中力を、私はいつの間にか発揮できるようになっていた。何も私に素質があったわけではない。偏《ひとえ》に周りの会員が、そうだったのだ。私はNジムに入り、今までの人生において、自分が終《つい》ぞ集中などしたことがなかったのだと知った。

これをやると決めた種目に没頭し、その間、他のことは一切考えないこと。あるいはこの一点集中こそが、私が筋トレに求めたものだったのかもしれない。私は身体は一番正直な他人だ。身体を酷使することによる思考のシャットダウン。身体は日に日に強靭《きょうじん》になっていく身体は元より、この真空地帯に淫したのだった。

Nジムの会員になり、まもなく半年が経《た》とうとしていた。

スミスのレールを二十五度に設定すると、私はベンチ・プレスを始めた。正確にはスミスマシン・インクライン・ベンチ・プレスだ。これはトレーニング・ベンチの背凭《せもた》れを傾けた状態で行うベンチ・プレスで、背を床と平行にした状態で行うベンチ・プレスよりも、上部の胸筋に負荷が掛かりやすくなる。

十回やって、ベンチの位置が気に入らず、ほんの少し右に動かした。すると今度はバーベルが斜めになっている気がし、頭のほうを微調整した。トレーニングを極めるにつれ、こうした緻密なセッティングに自然と拘るようになった。そのうちベンチ・プレスもフリーでやりたいものだが、未《いま》だフォームが安定せず、一人でやるのは躊躇《ちゆうちよ》していた。

私にとって、ベンチ・プレスの最後の踏ん張りどころは腹だ。T井のアドバイス通り、腕を天井に向かって突き上げつつ、腹をまな板のように薄く絞る。すると不思議とバーベルにラストの一突きを加えることができる。十回を終えると、上腕に血の通った膨張感が残った。

次の種目は、ラット・プル・ダウンだ。これは頭上にぶら下げたバーを胸許へ引き寄せる種目である。ラット・プル・ダウンは、代表的な背中の種目であるが、一定以上の練習を積まないと背中の筋肉に上手く効かせることができない。特に腕の筋力が足りていない場合は、背中というよりそちらのトレーニングになってしまう。また肩甲骨を意識的に動かすのが苦手な場合も、相応の修業が必要となる。

この種目に取り組むと、筋トレには歴《れっき》とした上手い下手があることに気づかされる。筋トレは実のところ野球やサッカーと同じなのだ（どちらもやったことないが）。筋肥大に成功するか否かは、半分は根性、もう半分は技術にかかっている。得てしてボディ・ビルダーには「めっちゃ根性がある人」というイメージが先行するが、根性もさることながら「異常に筋トレが上手い人」と定義することもできる。

「関節で上げないでっ。筋肉で上げてっ」

T井の目からすれば、私が唯一真っ当なフォームを身につけていると自負していたバーベル・スクワットでさえ、突っ込みどころ満載だった。

なるほど、パーソナルの疲労は、自主トレの比ではなかった。やはり誰かが見ているると、人間は普段以上の力を発揮するらしい。人間が社会的な生き物であることの証左だ。しかしそんなアカデミックな考察を深める余裕は、パーソナル直後の私には一ミリもなかった。みっちり六十分のパーソナルを終えると、私はしばし更衣室で放心しなければならなかった。たったいま大脱走してきたばかりの四人のように、へとへとの極致だった。

更衣室にある籐《とう》細工の椅子は、長時間座り込むと太腿の裏がちくちくと痛くなった。しかしそれ以上に全身がぐったりとし、私はなかなか立ち上がれなかった。持参したホエイ・プロテインも飲めないほどだ。とは言え十分もすれば徐々に戻った。味覚も回復し、最初はバリウムのように流し込んでいたプロテインも、いつしか元気な赤ちゃんのように呷れるようになる。

更衣室の壁には、今年のBB大会のポスターが貼られていた。それを一瞥《いちべつ》すると、私は前屈みになって『あしたのジョー』のように、肘を腿の上に置いて上体をあずける体勢になった。全く、こんな絶妙な位置にポスターを貼っちゃいかん。

BB大会まで、あと七か月。

私の弱点は、やはり背中だった。弱点というのは全体として見た時に背中の薄さが目立つという意味だ。BB大会の審査項目の一つに「全身の筋肉のバランス」がある。特定の部位を集中的に鍛えただけでは評価されないのだ。

逆に比較的「仕上がっている」のは、脚と尻だった。そのため今のペースで続けると全体のバランスが悪化するので、脚と尻は現状維持に努めることにした。T井と「今月は背中強化月間」と決め、背中の種目数を増やした。

「次、使いますか？」

「あ、いいですよ」

そういう次第で、とある自主トレの日、私はラット・プル・ダウンのマシンに物欲しげな目を向けていたらしい。私がジム入りした午後六時すぎ、そのラット・プル・ダウンは、絶賛使用中だった。私は隣に位置するケーブル・ローイングに取り組みながら、密《ひそ》かに空く機会を窺っていた。ところが、熟練のトレーニーというのは、いま誰がどのマシンを使いたがっているのかが、手に取るようにわかるらしい。私の三セット目が終わったタイミングで、何と、向こうから「使いますか」と声を掛けてきた。私が恐縮したのは言うまでもない。そのトレーニーは、名の知れた選手だった。一七〇センチ以下級で四連覇中の、不動のチャンピオンだった。

固辞するも、四連覇はラット・プル・ダウンを譲ってくれた。私は恐れ入り過ぎてちびりそうになる。これは致し方ない心情なのだが、ガリガリにマシンを譲って貰うより、マッチョに譲って貰ったほうが、格段に申し訳なさは増す。一方、四連覇はこうした状況に慣れているのか、さらっと私の恐縮を宥《なだ》めた。いいんですよ、トレーニングに貴賤《きせん》はありませんから。限界に挑戦しているという点で、トレーニーは皆平等です。四連覇は福沢諭吉《ふくざわゆきち》顔負けの持論を述べると、そのままダンベル・エリアに向かった。礼を述べる隙もなかった。

これもNジムに入会してから知ったことだが、一線を越えたトレーニーには、びっくりするほど謙虚な人が多い。しかし、こんな競技一年目の私にも、それは頷ける話だった。筋トレをすると、自分の大したことなさが、文字通り身を以《もっ》てわかるのだ。肩で息をしながら、ああ、自分は、このたった三枚のプレートに負ける存在なのだと。そうした敗北感に日常的に接しているからこそ、何やら一皮剝けた謙虚さが身についてしまうのだろう。人格者化するトレーニーは後を絶たない。

また、一線を越えたトレーニーには、哲学者っぽくなる者もいた。トレーニーというのは誰にも頼まれていないにもかかわらず、余人のあずかり知らぬ目標に向かい、日々の鍛錬に励んでいる。大会出場に向けた筋トレはしんどいが、九十九パーセントのトレーニーにとっては、別に儲《もう》かるわけでもない行為だ。運動が健康にいいのは確かだが、そういう筋トレはもはや健康のためではないし、むしろやり過ぎると健康を損ねることもある。それをあえてやろうというのだから、トレーニーには相応の動機づけ、いや美学、あるいは哲学が必要になってくる。まあ哲学とまではいかずとも、トレーニーには言葉を愛する者が多いように感じた。言葉、とりわけ地道な努力の積み重ねを称《たた》える系の名言は、もっぱらトレーニーに愛される。T井のスマホの待ち受けは「継続は力なり」の毛筆だった。ちなみに私は「千里の道も一歩から」だ。むろん全員が全員ではないが、トレーニーは何かと自分を鼓舞しがちである。何だったら自分で類似の名言を捻《ひね》り出してしまうこともある。

ふとS子のことを思い出した。S子もやたら頑張る自分を言語化し、手を替え品を替え、皆に発信していたものだった。当時は白けた目で見ていたが、その気持ちも今ならわかる。そうだ、ああでもしないと、筋トレはやってられないのだ。Nジムに鞍替《くらが》えした後も、私はS子の動向を追い続けていた。その日も帰路の地下鉄で、何となくS子のインスタをタップする私の親指があった。

S子は毎年エントリーしているPP《パーフェクト・プロポーション》大会に今年も出場する旨を、皆様に「ご報告」していた。PP大会は我々から見ればミスコンの亜種が如き「ヌルい」大会である。今年の開催時期はBB大会の二週間後だった。

一方、Nジムの会員の中には、過去にPP大会に出場したことのある選手がちらほらといた。そういう選手と更衣室で雑談する機会があり「それ、友達が毎年出場してます」と、私は勝手にS子を引合いに出した。これが功を奏したのかはわからないが、その雑談は思いのほか盛り上がり、私達は最終的に「PP大会よりBB大会のほうが上」という結論に着地した。PP大会のコンセプトは「男性はスポーティに、女性はセクシーに」だ。特にこれが私達の格好の標的になってしまった。いやいや「どちらもマスキュラーに」でしょ？　私達は愉快に笑い合った。言うまでもなく、これは内ゲバである。同じ穴の貉《むじな》なのだから仲良くしろと諭したくなる。けれど、内ゲバというのは似た者同士の間で起こるのだった。なまじっか内情を知っているから、喧嘩《けんか》を吹っ掛けやすいのだ。

そういう次第で、S子の投稿を眺める私の中には、以前とは異なる種類の優越感があった。今から肩トレ、頑張るぞっ。Gジムの全身鏡に映るS子。PP大会にしろBB大会にしろ、この業界には「ポージング」なる規定の表現手段がある。S子が毎回PP大会の「サイド・ポーズ」をしていることに、私は最近になって気づけるようになった。

件《くだん》の元PP選手との雑談を思い出し、私ははっとした。思わず「あっ」と声を洩《も》らした。そうだ、今の今まで気づかなかったが、PP大会ではSNSの発信も審査対象なのだった。その元PP選手はSNSにBTSと横浜DeNAベイスターズに関する投稿ばかりしており、どうやらそれが減点対象になったらしい。真偽のほどは不明だが、既に話のネタだった。

そうか、S子の投稿は、PP大会を想定してのものだったのかっ。私は気づきの衝撃にしばし放心した。そういう目でS子の投稿を振り返ると、なるほど、意識の高い内容ばかりだ。おすすめの美容液、ロカボな食生活、毎晩の半身浴、朝の白湯《さゆ》（五十二度）、毎週末の肌管理。だがPP大会では見た目だけでなく知性もなければならないから、S子は折に触れ環境問題や人権問題にも言及する。ワシントン州の森林火災に「朝から涙が止まらない」という。

ここに来ると、私の受け止め方は、別のものになった。

S子、すげえな。

これは決して、それまでのような皮肉ではなかった。私は腹の底から、S子の取り組みに感服したのである。これは自らも一選手として目標を定めたことにより、初めて至ることのできた心境と思われた。一人で筋トレを続けていただけでは、相変わらず「S子は暇だなあ」以上の感想は抱けなかっただろう。日々の生活の多くを大会に捧《ささ》げているからこそ、このS子の丹念な積み重ねが理解できるようになった。

こうして私は自然とS子の投稿を追わなくなった。ざっくり言えば、人間の器が大きくなった。Nジムの見学時にO島の語ったことも理解できる一方、スポーティにしろセクシーにしろマスキュラーにしろ、この世に物差しは幾つもあっていいのだと考えるようになった。この変化のきっかけが、目下奮闘中の本気のトレーニングだとしたら、やはり身体を鍛えるというのは、偉大なことだった。

いや、それにしても。

私は最寄り駅の階段を上りつつ、ビルの赤い航空障害灯の瞬く夜空を見上げた。そういえば薬局に寄らなければと思い出す。シャンプーと入浴剤が切れそうだった。髪を伸ばしてからというもの、シャンプーの減りが加速した。入浴剤とも縁がなかったが、毎晩必ず湯船に浸《つ》かるよう指導され、それまでのシャワーで済ませる生活には終止符が打たれた。もともと風呂嫌いの気があったが、入浴剤を投入すれば、それなりに楽しく過ごせた。

薬局では、ついでに各種サプリメントと追加のシェイカーも買った。サプリメントは売れ行きが悪かったのか、半額セール中だった。レジに割引が反映されるのを抜かりなく認めながら、私は天に感謝した。ああ、ＢＢ大会の審査項目に、ＳＮＳがなくて良かったわ。

筋トレに打ち込む日々が過ぎ、八月になった。ＢＢ大会まで、残り三か月。大会当日を本格的に意識し始めた。

とは言え、何はともあれ事務手続きだ。

午前零時、私はPCを起動すると、BB大会のサイトにアクセスした。ずいぶん遅い時間帯だ。夜は筋肉の成長、もとい成長ホルモンのために、がつんと寝なければならない。ところが、そんな筋肥大のイロハは理解しつつ、その頃の私はどうにも寝つきが悪かった。不眠とまでは言えないものの、横になってもしばらく眠れず、眠った後も二度三度と目が覚めた。筋肉痛で寝返りの時に目が覚めることもあった。

これという原因は不明だが、何となく筋トレで神経が恒常的に昂《たかぶ》っている感覚はあった。トレーニングの強度は、日に日に増すばかりだ。先日更衣室にあった『トレーニングマガジン』を読んでいたら、毎回「生まれてきたことを後悔する」ほど追い込むという海外選手の至言にも出会っていた。もしくは雀《すずめ》の涙ほどの夕飯のために、空腹で目が覚めるのかもしれない。

そういう次第で、どうせ寝られないならと、私はPCを開いたのだった。BB大会のエントリーは先着順ではないため、締切り前なら何時《いつ》でもよかったが、私は待ち切れなかった人のように、午前零時のエントリー開始直後にアクセスした。

私の出場するカテゴリーは「二十代・身長一五七センチ以下級」だった。BB大会は年代と身長でカテゴリーを規定する。T井曰く、年代でも分けるようになったのは、十年前かららしい。このようなカテゴリーの細分化も、近年の傾向と言えた。嘘か本当かは知らないが、チャンピオンの数を増やし、競技人口を確保するためだという。カテゴリーごとに選出されたチャンピオンは、オーバー・オールなる無階級への出場資格を得る。大会の締めに行われるオーバー・オール審査のチャンピオンは、グランド・チャンピオンと呼ばれる。

私はパチパチと必要事項を入力しながら、余計なことは考えないようにした。そう、このグランド・チャンピオンは、もっぱら「一七〇センチ超級」のカテゴリー・チャンピオンが獲る。無論、審査は公平だ。ただ単に身長が高いと、相対的に長い四肢を持つため、鍛えた時の筋量も際立ち、ステージでは見栄えがいい。人類普遍の原理のように、この業界でもやはり高身長が強かった。公平ゆえに、厳しい現実とも言えた。

しかし、生まれ持ったものを、潔くではないにせよ、しぶしぶ受け入れられる程度には、私も成熟していた。スヌーピーの言う通り、我々は配られたカードでゲームするしかないのだ。とは言え先日はT井から「チビだけどU野は肩幅あるし、お尻もボリュームあるほうだから競技では有利だよ」と言われ「そうっすか」とクールに返しつつ、ちょっと嬉しかった。ちなみにT井は身長一七六センチだ。やっぱりそれは羨ましい。

問われるがままに、個人情報を埋めていく。五千円也の参加費を、クレジットカードで支払う。本来であればエントリーには前と後ろと横から撮影した全身写真が必要なのだが、NジムはBB協会公認のため、これの会員であるところの選手については免除だった。

入力事項を確認し「エントリー」をクリックする。

ああ、遂《つい》に。

私の心臓は、深夜に人知れず高鳴った。

毎年恒例の「発起会」は、日曜の午前十時からだった。O島が独立する前はGジムが会場だったが、今年からはNジムだ。

この発起会には、NジムからBB大会に出場する選手が一堂に会した。私の所

属しているNジムからは六人が、関東にもう一店舗できたNジムからは二人が参加した。さらに外部からも八人の参加があった。後で知ったところによると、外部の参加者は八千円の参加費を払っており、中には単にO島に会いたいというファンもいたらしい。

その日は朝から、通常のストレッチ・エリアに折り畳み式の長机が八つ並べられた。到着すると、私は隅っこのパイプ椅子にそろりと腰を下ろした。

開始前の十分程度、私達は互いを知る機会を得た。話してみると、初めて参加するのは、私と別店舗のNジムから来た一人だけだった。新入社員の心地である。無意識に、来年はこの場でちょっと先輩面をする自分がいるのかなと思った。

開始時刻になると、NジムのTシャツを着たO島から挨拶があり、早速BB大会の解説に入った。ボディ・ビルの大会には幾つもの細かいルールがあるが、中でもBB大会は特に厳格なほうだ。O島の背後は八階の窓で、ビルの狭間《はざま》から純白の入道雲が覗いた。ふと予備校の夏期講習を思い出した。

私にとって、この発起会はいつもの場所だった。にもかかわらず殊のほか緊張したのは、背後のパイプ椅子に、業界雑誌の記者団がいたからだ。この一団は私

の到着時にはおらず、先程O島と共に会場入りしたばかりだった。

O島の解説が始まると、やおらカメラマンは会場を巡り、随所でシャッターを押した。私は若干わざとらしい真剣な表情に努める。例によりユニクロのジーパンとTシャツ姿だった私は、ちょっと油断した気分だった。

T井に言われていた通り、私はメモの準備をしていた。やった種目のレップ数とセット数と重量を記録するいつものノートを、その日は反対側から開いた。知っておかなければならない規定、テクニック、マナーなどなどは多岐にわたった。開始三分で早くも参加者から質問が出た。いかにもマニアックな競技らしく、この御時世でも細かい情報を得る機会は限られているのだった。

私がメモに注力したのは、第一に規定ポーズの種類だ。BB大会の四種類の規定ポーズを覚えなければならない。これについては別途、Nジムで訓練の場があるとのことだった。

規定ポーズ。私は今更ながらに不安を覚えた。あのカメラ一台にビビっている自分に、ステージで堂々とポーズを決めることなどできるのだろうか。

しかし、そんな不安が過ったのは一瞬だった。私はO島の話を一言も聞き逃す

まいと必死だった。勧誘と見学の時こそ対面で長々と話せたO島であるが、それがどれほど貴重な機会だったのか、今の私にはわかる。関東に二店舗、さらにこれから関西と九州に一店舗ずつNジムを構えようとするO島は、多忙そのものだった。それでもO島は週に一回はT区のNジムを訪れ、顔を合わせれば今の調子や意気込みなどを聞いてくれる。

O島が最も熱く語ったのは、減量のことだった。一般にボディ・ビルの選手は筋肥大のための増量期を経たのちに、大会の数か月前からは減量期に入る。増量期を設けるのは、栄養をケチっていては筋肉が大きくならないからだ。そのため増量期は太る時期だと割り切りガンガン食べる。一方の減量期は、言うまでもなく大会に向けて絞る期間だ。しかし育てた筋肉を維持しつつ、それらを覆う皮下脂肪のみを落とすというのは至難の業、というか生理学的に不可能らしい。だから多くの選手はある程度の筋肉を犠牲にしながら、極限まで皮下脂肪を落とすことになる。

O島は言う。勝負は、この減量にかかっていると言っても過言ではないのだと。BB大会に限らず、様々な大会で審査員を務めてきたO島だ。大会後は選手一人一人に講評が用意されるが、例外なくそこで最も多いのは「絞り切れていない」だ。せっかく鍛えた筋肉があるのに、これでは勿体《もったい》ない。審査する側も、歯痒いのだという。

大会直前の過ごし方は、競技一年目の選手は特に心得るよう、事前にお達しが出された。チラと、話し出す前のO島と目が合った。指先が震えた。

説明するだけなら、実践する内容は単純だ。まず、大会一週間前から数日前にかけて「水抜き」と「塩抜き」を行う。何やら恐ろしい名称だが、文字通り水分と塩分を死なない程度に絶つのだ。「水抜き」と「塩抜き」をすると、身体中から浮腫《むく》みが取れ、血管および筋繊維が浮き上がる。無論のこと皮下脂肪が相応に薄いことがマストだ。

逆に大会当日の数日前からは、俗に「カーボ・アップ」と呼ばれる炭水化物の集中補給を行う。カラカラになった身体にドカンと栄養を入れるのだ。そうすることにより筋肉に目覚めたような張りが生じる。

ただし、ここで何を口にするかは非常に重要だ。飢餓状態に近い身体は、合わないものは受けつけない。場合によっては凄《すさ》まじい胃痛や吐き気に襲われ、ステージに立つことすらままならなくなる。基本的にはいつも食べているものを食べればいいのだが、それにしても米にするか芋にするかオートミールにするか、選択肢は無限にある。米にするなら白米か玄米か黒米か、甘いものは摂《と》るのか否か、摂るならバナナか羊羹《ようかん》かチョコレートか。選手によっては、ここで戦略的に塩分を摂取し、浸透圧により筋肉に張りを持たせることもある。いずれにせよ、これぱっかりは個々の体質の問題になるため、最終的には自分で研究を重ねた上で実践して欲しい。O島はそう結んだ。こうした点において、この競技はやはり経験が物を言う。誰より自分の身体を知り抜いている者が、勝利に近いのだ。

こうして予定通り四十分でO島による解説が終わると、私の頭は浮腫んだ脹脛《ふくらはぎ》のようにぱんぱんになった。頭の重さが一・五倍くらいに増えた心地だ。そんな中、いきなり写真撮影をすると告げられた。参加者とNジムのスタッフ全員でO島を囲み、ガッツポーズする構図だ。私ははにかみながらも懸命に笑顔を作った。写真を撮り終えると、記者団は満足気に帰った。

「では、これから皆さんのコンディション・チェックを行います。呼ばれた方からこちらにお越し下さい」

え。もうお開きという気になっていた私は、そうアナウンスしたスタッフに顔を向けた。おい、T井さん、これは聞いてないぞ。だが、この「コンディション・チェック」こそが、実は発起会のメインだった。他の参加者は慣れた様子で準備に入っている。

世にフィットネス系の大会が乱立する中、あえて老舗のBB大会を選ぶ渋い十六人である。一斉に脱ぎ薄着になると、各自が不審なほど引き締まった身体の持ち主だった。

周囲の動向のままにタンクトップになると、私は自分の名前が呼ばれるのを肌寒く待った。立ったまま先に呼ばれた選手の成り行きを観察する。O島と、いつの間にかO島の横にいたスタッフらしき何某《なにがし》が、鏡越しに選手と目を合わせながら、あれこれとアドバイスを施す。曰く、肩はできてるね。だけど左右差が目立つ。脚はどうしたの？　去年より小さくなったみたいだけど。ここのカット、もっと出るといいね。お尻は大きさも大事だけど、バランスだよ。大殿《だいでん》、中殿、小殿、仕上がりを見ながら調整しないと。O島はありとあらゆる角度から選手を評した。

「あの隣にいる人って、E藤さんだよね？」

私と同じように待機していた選手が、そっと隣の選手に訊《たず》ねた。

「うん、そうだよ」

「E藤さん、変わらないねえ」

その選手は惚《ほ》れ惚《ぼ》れと唸《うな》った。一方、正面を向いたままの私は、その回答に目を丸くした。あの人がE藤コーチか。E藤コーチはNジムのパンフレットに「スペシャル・アドバイザー」として紹介されていた。その姿を目にするのは今日が初めてだった。

私は改めてE藤をまじまじと見た。O島の「盟友」という触れ込みだったから、私はO島に引けを取らない筋肉質の人物を想像していた。ところが、E藤は筋肉とは無縁そうな人物だった。丸《まる》の内《うち》とか銀座《ぎんざ》を闊歩《かっぽ》している、女性誌の表紙のような雰囲気だ。シャンプーのCMのような髪の生え際には、レンズがオレンジ色の丸いサングラスが載せられていた。

これは後に知ったことだが、E藤は叔母と自身が元ミス・ユニバース日本代表という経歴の持ち主だった。普段は青山《あおやま》でステージングのレッスン・スタジオを経営しているが、大会前のこの時期になると、外部講師的な立ち位置でNジムの指導にあたるらしい。

　そうか、規定ポーズの訓練、いやレッスンは、あの人が担当するのか。私は表情を変えずに得心した。

　遂に自分の名前が呼ばれると、私は上ずった声で返事した。そそそと移動し、捕えられた宇宙人のように、O島とE藤の間に立つ。O島は私の肩を後ろから鷲《わし》摑《づか》みにした。肩揉《かたも》みの要領で筋量をチェックすると、その手はそのまま上腕へと動いた。O島の指示に従い、私は力を入れたり抜いたりした。空港の保安検査さながら、背中や腹や下半身にも入念なチェックが入った。

「U野は仕上がりが早いね。一年目とは思えないほどできてるよ」

　思いがけない言葉に、私は絶句した。私の前世はO島の先祖を救うか何かしたのだろうか。それまでの五人に対しては割と辛口の印象だったが、ここに来て私は第一声で褒められた。鳩尾《みぞおち》まで捲《まく》り上げたタンクトップを元に戻すのも忘れ、私の頰には受け止め切れないほどの血が上った。

「脂肪も薄いし、この時期にしてはいい感じ。でも減量は一気にやるより、ゆっくりやるほうが確実だからね。いま何食べてんの?」

　私は現状の食生活を述べた。

「それきつい?　割と我慢してる?」

「いえ、それほどには」

「じゃあその調子で継続だね。二か月前になったら少しだけカーボ減らそうか。今の体脂肪率は?　十六か。当日は十を切れると最高なんだけどね」

　O島は私から一歩離れると、全身を俯瞰《ふかん》するように見た。さっそく規程ポーズをとるよう指示される。私は見様見真似でフロント・ダブル・バイセップスをやった。曲げた両腕を顔の横に持ってくる、あの「力こぶ」を見せるポーズだ。私は上腕《じょうわん》二《に》頭筋《とうきん》に上手く力が入るよう、固く拳を握った。O島はしばし黙った後に「血管はどういうタイプ?」と訊ねた。んっ?　初めてされる質問だ。危うく「B型です」と答えそうになった。

「血管のタイプ、ですか?」

「そう、血管が太いと絞った時に浮き出やすいから。そういう体質の人は筋繊維も目立つことが多い。U野は?」

身体は筋肉質で比較的がっちりしているのに、何故《なぜ》か血管は令嬢のように細い私だった。採血の時は看護師に舌打ちされるほど迷惑な血管の持ち主だ。

「血管が細いと、不利なんですか？」

私はフロント・ダブル・バイセップスのまま、突然レッド・カードを喰《く》らったサッカー選手のように焦った。

「いや、全然そんなことはない。別に審査項目でもないし。でもそういうタイプは普段から血行を意識したほうがいいね。やっぱり血の気が多いほうが筋肉って張るから」

この瞬間から、私は自分の血管が細いことを気にするようになった。血管もトレーニングできたらいいが、幸か不幸か、血管の太さはおいそれとは変わらないらしい。しかし、そうとなれば、O島の言う通り、できる範囲で元気な血流を生み出すしかなかった。翌日から私は昼飯にレバーとほうれん草を頬張った。

それからマニアックな体質の遣《や》り取りと、もっとマニアックな食生活のアドバイスをすると、O島は「後はガンガン背中をやるんだね！」と総括した。

「でもいい身体できそうだね。予選は突破できるかもしれない」

発起会に参加した十六人のうち、これを言われたのは、私だけだった。O島の笑い皺《じわ》を見つめながら、頭が沸騰した心地になる。人生全般で褒められることが少ないと、こういう症状が出るらしい。途中経過とは言え、ここに、私の努力は一定の評価を得たのだった。

私はNジムの見学時に聞いた、O島の言葉を思い出した。第三者に認められようとすることで、人は一皮も二皮も剝けるものだから。そうだ、大会にせよO島にせよ、やはり第三者に認められることには、思っている以上の価値がある。長らく忘れていたが、他人に認められることは、こんなに嬉しいことだった。

ところが、O島の言葉に五秒いじょう舞い上がる余裕は、私にはなかった。目を上げると、E藤の鼻先が、眼前に迫っていたのだ。E藤は、私の額辺りをじっと見ていた。私も射竦《いすく》められた獲物のように、ただじっとていた。E藤からは百貨店の化粧品売り場のような、とてもいい匂いがした。

E藤は、何も言わずに顔を離した。そのまま次の選手が呼ばれた。

元の待機場所に戻ると、私は言われたことを急いでメモした。何か抜けていることはないかと振り返る一方、頭は半ば混乱状態だった。O島に褒めちぎられた衝撃と、一年目の癖にと羨む他の選手達の眼差しと、E藤の謎の凝視とが、これという処理をされないまま激しく渦巻いた。

十分後、私は他のチェックが済んだ選手達と同様に、肩の荷が下りたような体育座りをしていた。誰も中座せず、退屈そうな顔もせず、いわんやスマホを弄《いじ》ることもない。誰もがふんふんと他の選手に向けられたアドバイスに耳を傾けていた。

白状すると、聞いたほうがいいと頭では理解しつつ、この時の私は、他の選手へのアドバイスなど聞いちゃいなかった。私は少し得意になっていた。これまでは自分の身体に集中するあまり、他の選手の身体には目を向けてこなかったが、ここに来て自分の身体が一つ突き抜けたレベルにあることが知れた。何だ、あのユルい尻。あのつるんとした前腿。私は生意気にも、そんな風に思った。

振り返ってみれば、私の調整が阪神タイガースのマジック点灯のようにせっかちだったのは、偏に私が新参者だったからだ。フルマラソンに最初から全力で挑んでいたのである。そうして闇雲に全力疾走できたのは、いかにも競技一年目だった。

トレーニングもさることながら、食生活に関しても私はいよいよマジだった。この頃になると、お前は出家して禅僧にでもなったのかというほど節制に努めていた。もともと甘い物は好きなほうだが、Nジムに入会してからは一度も口にしていない。不思議と我慢の実感はなく、もう甘い物はお前が食べる物ではないのだと誰かに言われ、そうですかと納得してきたような感じだった。前に実家に帰った時は、私が納豆を単体で食べる姿に両親がビビっていたのを思い出す。世間では過度の真面目は馬鹿にされがちだが、どうやら私の唯一にして最大の長所が、こんなところで日の目を見た。私は他の選手のコンディション・チェックを注視する風でありながら、その実、見つめていたものは、この競技と自分との相性が、馬鹿真面目という一点において、皆既日食レベルにピタリと一致する様だった。

全員分のコンディション・チェックが済むと、時刻は正午になろうとしていた。O島が参加者に礼を述べ、解散を告げる。私達は順次その場を後にした。午後一時までにこのストレッチ・エリアを通常の状態に復旧しなければならない。私は無事に発起会が終わったことに安堵《あんど》しつつ、今から持参した昼飯を食べ、筋トレに励むつもりだった。日曜は腕の日だ。

ところが。

私が去ろうとすると、E藤が「U野さん」と、私を美しいアルトで呼び止めた。

「ちょっと話があるから、残ってくれる?」

何か、嫌な予感。

参加者と入れ替わりに、ストレッチ・エリアには長机その他を片付けに来たNジムのスタッフが現れた。E藤は片付けのあと静かになってから話を始める構えだった。手際よく撤去される即席会場に立つE藤は、しばしNジムの様子をじっと眺めた。その時、私はE藤がミス・ユニバース日本代表だったという経歴、いや、戦歴を知らなかったが、それでもなお、E藤の只者ではないオーラを感じ取っていた。それはO島と出会った時と同じ、自らの身体に人並み以上の拘りを持ち、武器にしてきた人間の、立っているだけで人を振り向かせるようなオーラだ。

静かになると、休日の賑《にぎ》やかな地上の交通音が、ここにまで立ち上ってきた。周囲に街路樹などはないはずだが、どこにいるとも知れない蟬《せみ》の声も、その中には混じっていた。

E藤は私を窓際に招き寄せると「あなたは競技一年目よね?」と前置きし、話し始めた。そして、この瞬間から大会当日まで、私は内閣総理大臣顔負けの分刻みのスケジュールを生きることになる。

BB大会まで、あと八十八日。

発起会翌日の終業後、私は皮膚科に駆け込んだ。昨日の今日で予約が取れたのは誠に幸いだった。今回は十分だけだからと無理を頼み、予約を捻《ね》じ込んで貰ったのだ。

「U野さあん」

それまでは皮膚科どころか、保健室の世話にもなったことのない私だ。会社の健康診断は毎年受診するが、今回のような個人的な来院には、何やら緊張感が伴う。

私は齢《よわい》二十九にして、初めてピアスを開けに来た。

使い捨てのポリエチレンの手袋を嵌《は》めた看護師の手には、ピアッサーなる道具が握られていた。見れば見るほどそれには戦慄したが、穴開けは呆気《あっけ》なく終わった。それは事前に看護師の言った通り「一瞬ちくっとする」程度だった。むしろ針が耳たぶを貫通する直接的な痛みよりも、引き金を引いた時の音のほうが耳には応えた。その看護師の両耳には、蜂の巣のように穴が開いていた。

こうしてブチ込まれた透明のファースト・ピアスは、三か月程度はそのままにするという。私は注意事項が列挙された紙を受け取ると、熱っぽい耳たぶに感じ入る間もなく、その皮膚科を後にした。無論のことNジムに行くためだ。Nジムの閉店時刻は午後九時だった。

大会出場には、ステートメント・ピアスがマストだった。

「ステートメント・ピアスって、何ですか？」

何も自分で調べずすぐ人に訊く大学生のように、私はE藤に訊ねた。この問いが元ミス・ユニバース日本代表の心証を害したのは言うまでもない。

「まあU野さんみたいな方は、たまにいらっしゃるんだけどねっ」

E藤はご立腹だった。だが叱られてはいるものの不思議と嫌な感じはせず、清々《すがすが》しい風を受けている心地だった。

いい？

「BB大会であっても、ボディ・ビルは筋肉だけで終わる話じゃないの。そこを忘れて欲しくないわ」

私は、打たれたように瞬きを止めた。

「初対面なのに厳しいと思われるかもしれないけど、これだけはわきまえておいて。あなたのやろうとしていることの、いったい何たるかを。もう、Nちゃんはいつも、身体の仕上がりしか見ないんだから。Nちゃんがやらないから、こういうポイントは私がフォローするのよ」

E藤は一息つくと、私に筆記用具を持って来いと言った。私は定刻通りの空腹も吹っ飛び、言われた通りE藤の前に座した。そう、私にとって、発起会の本番は、ここからだったのだ。本当は筋肉が分解されるため十分以上空腹になってはいけないのだが、そんなことを言い出せる雰囲気ではなかった。

マンツーマンの指導は、二時間に及んだ。

「あなたには見込みがあるから」

しかし、流石《さすが》は元ミス・ユニバース日本代表だ。折に触れあるかないかの私の人格を尊重することも、忘れないのだった。

ちなみにステートメント・ピアスとは、要するにでっかいピアスのことだ。

なるほど、私の目は、とんでもない節穴だった。歴代選手の写真を見れば、大会準備は身体づくりに留《とど》まる話じゃないと、猿でもわかるというのに。私の目は、見事に筋肉しか見ていなかった。然《しか》るべき計画と技術と根性の下に筋トレすれば、勝利に近づけるのだと思った。

ボディ・ビルは、筋肉だけで終わる話じゃない。

とにかく真っ先にピアスを開けたのは、ピアスの穴の安定には三か月を要するからだ。その見た目通り、ステートメント・ピアスは耳たぶが垂れるほど重い。三か月でもギリギリだが、開けたばかりの不安定な穴では出血すること必至なのだ。想像しただけでも痛い話だ。

ステートメント・ピアス自体は「U野さんの許に、これという品がないなら」Nジムのストックを借りてもいいという。ピアスに限らずブレスレットその他の装飾品も、E藤が私に合わせて選定してくださる。

しかし、こんなのは序の口だった。

ボディ・ビルでは、肌の美しさも審査対象だ。保湿の「ほ」の字も化粧水の

「け」の字も知らぬ私がまず着手すべきだったのは、無駄毛の処理だった。

「直前にワックスは、ちょっとねえ……」

E藤は私の腕毛から悩ましそうに顔を上げた。ワックスという最終手段はあるものの、ワックスでは細い毛は取り切れない上に、肌の弱い選手だと当日までに赤味が抜けないこともある。

「でも、わたし肌は強いですよ」

弁解というか、半ばE藤を励ますためにそう主張すると、E藤はきっと目を向けた。

「強い弱いの問題じゃないの。それに、あなたもう二十九でしょ。無邪気に肌強いですと言えるのは、せいぜい十代までよ」

何も言い返せなかった。

そういう目で見渡せば、世は脱毛戦国時代だ。電車の中も街中も、あちこちに脱毛サロンの宣伝がひしめく。今年の夏こそ、つるつるだ。夏だ、海だ、脱毛だ。しかし、光脱毛にしても医療脱毛にしても、実際につるつるになるには一年程度を要することを考えると「今年の夏こそ」と謳《うた》う八月の宣伝文句には一ミリも真実が含まれていないことがわかる。そんなに時間が掛からなければ、あるいは斯《か》様《よう》に私が剛毛でなければ、E藤の苦悩も幾らかは軽減されていただろう。

即効性という観点から、E藤の苦肉の策により、私は毎週末ニードル脱毛に通うようになった。ニードル脱毛すなわち針脱毛は、毛穴に針を挿して電気を流す脱毛法だ。

「痛いですか？」

脱毛すべき箇所は腕と脚のみならず、首の後ろ、手指、背中、顔全般、そして「VIO」のとりわけ「VI」と多岐に及ぶ。そう、発起会の時、E藤は私の額辺りを凝視していたが、あれは私の眉間に薄っすら生えた毛を見つめていたのだ。立派な産毛、とでも表現すべき毛質のそれらは、いま正に永遠に取り除かれている最中だった。ニードル脱毛で処理された成長期の毛は、二度と生えてこないとされる。E藤は私の眉間に生えた毛の処理の甘さから、そういうこと全般に対する私の態度を見抜いたのだ。

「いえ、痛くないです」

私は施術台の上で仰向《あおむ》けになっていた。脱毛士が手を止めたのは、針を挿した瞬間、私の眉毛が派手に歪《ゆが》んだからだった。

痛いものは痛かったが、ここで痛いと主張すると「じゃあ、ここは次回にしましょうか」となるか、保冷剤を延々と当てられ進まないかのいずれかになることは、前回の施術で学習済みだった。私は時間をロスするわけにはいかない。美容院の「痒いところはありませんか？」に答えるのと同じように、機械的に「大丈夫です」と返した。

一本一本を手作業で処理するため、ニードル脱毛には時間が掛かる。一時間後、私はダーツの的になった気分で同サロンを出た。整えられた眉と口角ともみあげの辺りがヒリヒリと火照った。

施術した箇所が熱を持っている状態ですので、本日から一週間程度はサウナや激しい運動等の身体が温まる行為はお控え下さい。当日は湯船に浸からず、シャワーでお済ませ下さい。入浴は翌日からＯＫです。

脱毛士による懇切丁寧な「アフターケア」の説明に、私は「わっかりましたア」と、必要以上に強く請け合った。一つも守れない言いつけだ。

そんなことを気にする間もなく、私は正午に予約した次のサロンに向かった。

二軒目は脛毛《すねげ》の処理だ。そう、ニードル脱毛というのは、その希少性のためか、ものすごく予約が取れない。多少無理なスケジュールになっても、予約が取れるなら馳せ参じなくてはならなかった。私は三軒のサロンを人知れずハシゴし、遣り手の営業マンさながら休日の都内を忙《せわ》しなく駆け回った。

その日の脱毛遍路を終え、Y駅に着いたのは、午後三時だった。

私は教えられた住所を頼りに、さるマンションのインターホンを押した。店舗がマンションの一室という点に、ただならぬマニアックさを感じる。インターホンに応じた声は愛想良く「どうぞ」と、オートロックのドアを開けた。事前に私の来店は知らされていた。

「こういうのはどう?」

十分後、素っ裸になった私は、次々とビキニを試着するマネキンになっていた。言うまでもなく、大会出場には競技用ビキニが必要だ。これればかりはNジムで貸し出しておらず、自分で調達しなければならなかった。メルカリで買うのは駄目ですか、と訊《き》いたら言語道断だった。

店員の問いかけに、私は難しい表情になった。

「何か派手というか、水着負けする気がします」

室内は存外広く、ビキニのみならず様々な衣装があった。私では床にずるずる引きずること必至の長いドレスや、シルク地のガウン、王冠なんかも置いてある。それにしても「水着負けする」だと……？　ならば、この場にお前が負けない水着があるのか？　そんな内省に沈む一方、店員は次から次へとビキニを持ってきた。

「あの、ラメが入ってないのがいいんですけど」

「えええええええっ」

私の言葉に、店員は竜を見たかのように驚いた。

「あんた、それじゃあ絶対に勝てんよっ？」

最終的に青いビキニを選ぶと、写真を撮らせて貰い、そのままE藤に送った。続けてハイヒールを試着し、これらが近い将来私をずっこけさせないことを切に願いつつ、同様に写真を撮った。近年のカテゴリーの統廃合により、ＢＢ大会に出場する女子選手は全員ハイヒールを着用するのが現行ルールだった。ハイヒールは白く艶めく、最もスタンダードな型だった。

試着というのはちょっとワクワクする反面、妙に消耗する行為だ。マンションを出ると既に午後五時だった。今朝は午前七時からNジムで二時間トレーニングしたことを考えると、あっという間に過ぎた土曜だった。

だが、まだ一日の終わりに感じ入る段階ではない。一時間後、タンニング・マシンもとい日焼けマシンの中に立った私は、久し振りにウトウトしていた。説明するまでもなく、日焼けしたほうが身体は引き締まって見える。さらにステージでは何十台ものカメラに晒《さら》されることになるため、肌が白いと筋肉のカットがフラッシュの白光に負けてしまう。BB大会で求められるのは、所謂「美白」ではなく、ブロンズ色の肌だ。

肌をブロンズ色にするには、タンニングの他にカラーリングという方法もある。カラーリングは肌を焼くのではなく、肌に着色料を吹きつけるものだ。一般にカラーリングなら大会の数日前から当日にかけ数回実施すればいいが、タンニングだと大会当日まで週二程度で通う必要がある。日焼けも減量と同じく、少しずつ積み重ねるのがポイントだ。焦って一気に焼くと、その後数日間はのたうち回ることになるらしい。これはT井の体験談だ。

カラーリングを選択しなかったのは、E藤の指導ではなく、BB大会では禁止だからだ。BB大会は「ナチュラル」に重きを置く。例えばBB大会では筋肉増強剤、もといステロイドの使用も厳格に禁止されている。一方で業界にはステロイドを暗黙の了解で使用できる大会もある。要はその大会のポリシー次第なのだ。無論BB大会でカラーリングが禁止されているのも「ナチュラル」ではないからだ。

この日サロは、T井の推薦だった。仰臥《ぎょうが》する横型のタンニング・マシンより縦型のほうが綺麗《きれい》に焼けると教えられたのだ。痴漢冤罪《えんざい》防止対策のように両手で吊革に摑まりながら、私は顎下も焼くために、軽く頭を仰《の》け反《ぞ》らせた。

薄暗いブルーのライトが照らし出す密閉空間は、いかにもSF的だった。マシンの内壁に艶々とした光沢が揺れる。照射の機械音が遠耳に届くと、タイム・マシンとかコールド・スリープとか、そういう世界観にいる錯覚が起こった。ずっと前に飛行機で観《み》た映画の筋書きを思い出そうとした。

そうして半ば夢心地でいたら、あっという間に二十分は過ぎた。ライトが落ちるように消え、機械音も途絶え、映画のエンドロールが終わった時のように、はたと五感が日常に戻る。ＳＦの残滓《ざんし》のように、肌の表面だけが敏感になっている。この焼いた肌には寝る前に専用のジェルを塗布する。

私はパチパチと瞬きし、頭が覚醒するのを感じながら、そうだ、私はタイム・スリッパーじゃないと、目の焦点を合わせた。過去にも未来にも行っていない今の自分は、言うなれば、ナチュラルを追求する者だ。

無論、トレーニングは絶賛継続中だ。

「だから無理に重量上げなくていいって言ったでしょ。肘壊したらそれこそトレーニングできなくなるんだから」

Ｔ井は私を窘《たしな》めた。ベンチ・プレスのやり過ぎにより、私の肘は炎症を起こしかけていた。スミスを使えば一人でもバーベルを落とす心配はないため、自主トレでは腕が動かなくなるまで重量を上げ続けていた。ところがここに来て遂に肘が悲鳴を上げ、直角より先に曲げようとすると、これ以上曲げたら不味《まず》いとばかりに痛むようになった。

重量は軽すぎても重すぎても駄目だ。トレーニーとして高重量志向は持っているべきだが、筋トレに近道はない。種目によっては同じ運動でも扱う重量でぜんぜん筋肉の使われ方が違ってくる。しかと鍛えたい部位に適《かな》う重量と回数を見極めた時に、初めてトレーニングは効力を発揮するのだ。

T井にテーピングとアイスノンを巻いて貰いながら、流石に私は反省モードだった。今回の場合、筋力以上の重量を扱おうとしたため、関節ないしは筋肉とは関係のない筋に、負荷が掛かったらしい。それで往々にして対応できてしまうから、筋トレというのは質《たち》が悪かった。経験が浅いとそれで鍛えている気になってしまう。関節や筋に負荷を掛けるなとは、毎度口酸っぱく言われていることだった。

しかし、神妙に頷く一方、私は今の座っている時間が勿体ないと感じていたのだから、そちらのほうが質が悪い。大会まで残り二か月半。一時間でも無駄にしたくない気持ちだった。それも今は貴重なT井とのパーソナルだ。自分の肘の状態にかかわらず、パーソナルは一回六十分と決まっている。

とは言え、T井の言う通り、迂闊《うかつ》な故障以上のタイム・ロスはなかった。筋トレによる故障の代表格は腰と膝であるが、それらは痛めていないにしても、実は今回の肘と似たような不調が、手首にも生じていた。先日ショルダー・プレスをいつもよりプレートを一枚増やして同回数やったら、そのあと手首の動きがおかしくなった。肩周りの筋力的にはまだまだ追い込めるのに、それとは関係のない手首のせいで次のプレートに進めないのが無性に悔しかった。私は生まれつき手が小さいため、手首が弱いのかもしれない。これぱっかりはパワー・グリップを持ち出しても解決しない問題だ。

手首のことは、T井に話していなかった。どうせ身長一七六センチのT井にはわからないし、どうしようもないことだと諦めていたのかもしれない。話したらショルダー・プレス禁止になる恐れもあった。

「しばらくベンチしないほうがいいですか?」

「様子見だね」

慣れた手つきで巻き終えると「よし、アダクションをやろう」と、T井は立ち上がった。下半身系の種目に切り替えるのだ。

ともするど忘れそうになるが、T井自身も同日のBB大会に出場する選手だった。T井の身体も、毎日のように接している私でもわかるほど、日に日に絞られていく。T井の絞りはBB大会に向けたカウントダウンのようでもあり、私はT井の削《そ》げていく頰に、刻一刻と自分達が山場に向かっている実感を得た。一方で、競技歴の長いT井は大会に向けた準備を心得ているから、この時期にあっても、その物腰には余裕が感じられた。そういうT井だったから、私はT井も同じ選手だということを忘れがちなのだ。

この頃になると、BB大会に出場する選手達は皆減量の真っ只中にいた。一年目の私にはこれという増量期がなかったから、今回に限り大幅な減量は不要であるが、減量中の選手は何かと苛々《いらいら》しがちで、不機嫌にもなりやすい。表向きは普通でも、減量中は常ならざる物欲が起こり、普段ならしない散財に走る選手もいる。減量も競技の一環である以上、そういう精神的なタフさも求められるのがボディ・ビルだった。

ボディ・ビル、もとい筋肉は年功序列だ。とりもなおさず正しく継続する者が報われるのである。ワインとかチーズとか漬物のように、古くから身体について いる筋肉には、俄《にわ》か筋肉にはない熟成味がある。世間では「若さ」に破格の価値が置かれているが、ボディ・ビルの言うところの「身体づくり」が年単位の一大事業である以上、ボディ・ビルでは必ずしも「若さイコール強さ」にはならない。身体自体もさることながら、経験値の存在が大きい競技だった。

アダクション。その種目名を聞くと、梅干しを見たら唾が出るように、内腿に刺激が走った。そのあと酷《ひど》い筋肉痛になって、明朝の通勤に苦慮する自分の姿まで頭に浮かんだ。私は弾かれたように立ち上がった。

ちょっとした内部抗争が起きたのは、大会まで残り七十日を切った土曜だった。

心苦しいのは、その発端が私だったからだ。その日はO島とE藤による二回目のコンディション・チェックがあった。前回とは異なり、本番のビキニ姿で臨む選手もおり、その光景は大会当日さながらだった。用意周到な選手達の背を見つめながら、私は内心焦りを覚えた。ただでさえ私は日常的にアクセサリーやハイヒールを身につけない。こうした場を利用し、少しでも慣れておかなければならないのは言わずもがなだった。ところが、そうと頭では理解しつつ、どこか遠巻きにするように、私は前回と同じ身なりで二回目を迎えてしまった。

言われないと、動かない私。考えてみれば、こうした点を注意するE藤は、実に得難い存在だった。この歳になると、もう誰も「こうした点」を、私に注意してくれない。T井でさえ「こうした」筋肉以外のことは、人に言われてやるのではなく、私の自主性に任せるべきだと考えていた。T井の見解は、正しいだろう。最終的にブラジャーをつけ始めるタイミングは自分で決めなければならないのと同じだ。

追い打ちをかけるように、私の状態に対する二回目の講評は、前回よりだいぶ厳しかった。曰く、足りない。本格的な減量に入り一か月が過ぎた時、私の身体には思った以上に筋肉が残らなかった。自分ではいいコンディションに思えていたが、O島の目からすれば「前回のほうがよかった」。私はショックを受けた。幾ら筋トレしても最低限食べなければ意味がない。実はT井からも、トレーニングの前は何か口に入れろと折に触れ言われていたが、いつも濃いめのプロテインを気つけのように飲むだけだった。言われてみれば、なるほど筋骨隆々とはしているが、他の選手達と比べると、私はミイラのようで少し浮いていた。

「やりすぎだよ」

O島は言った。絞りすぎたビルダーほど憐《あわ》れなものもない。できるだけ緩やかに実行することが、成功する減量の肝だ。が、なまじっか減量は個人の裁量でいかようにも追い込めてしまうから、私は知らぬ間に過度な減量に走ってしまっていた。生来の体格や体質に左右されやすい筋肥大と比べると、減量は比較的平等に結果の出る行為だ。無意識にせよ、経験のない自分が差をつけられるのはここしかないと、私は考えていたのかもしれない。

Nジムに入会した当初から、減量の壮絶さはよく聞かされており、初潮を恐れる小学生のように、私は来る減量を恐れていた。ところが、案ずるより産むが云々ではないが、私はランナーズ・ハイならぬ減量ズ・ハイの状態になった。O島の言葉に神妙に頷きながら、そのとき最後に米粒を食べたのが一体いつだったのか、私は思い出せなかった。米粒どころか、炭水化物全般だ。それでも今の食生活を変えることのほうが、よっぽど怖かった。それではせっかく鍛えた筋肉が見えないと思った。

心なしか、O島の講評は短くそっけなかった。今のペースで減量を続けても大会で思うような結果は残せない。少しカーボを増やして、適宜油も摂るように。私はとぼとぼと鏡の前から離れた。

一方、E藤からは脱毛と日焼けの成果を褒められ、ちょっと嬉しくなる反面、このままでは髪の伸びが間に合わないと断言された。大会の数日前に美容院に行き、腰骨まで付け毛《エクステ》をつけることになった。

「でもT井さんは肩までじゃないですか」

O島に酷評され、私は自棄《やけ》にでもなっていたか。E藤は言い返すでもなく、諭すように説いた。元ミス・ユニバース日本代表曰く、郷に入っては郷に云々ではないが、どの世界においても、まずはスタンダードを追求すべきだということ。あなたが天才ではないなら、まずは基本を身につけ、基本を自分のものにすること。あなたが天才ではないなら、まずは模倣を極めることが、この競技に限らず、一流になるための最短コースだということ。

「あなたが考えているより、この競技は、ずっとクラシックなのよ」

クラシック。この時、E藤はかなり重要なことを、私に言っていた。だがその時の私は、その重要さに気づかなかった。「わかりました」と返事しただけだった。

内部抗争の話である。そういう次第で、二回目のコンディション・チェックは終わった。O島とE藤が引き上げると、自然な流れで、その場でちょっとした懇親会になった。皆このマニアックな競技に挑むにあたり、多かれ少なかれ、交流が必要な心境になっていたと思われる。斯く言う私もいそいそと参じた。

発端は「そういえば、ハイパーナイフってご存じですか?」という私の問いだった。

「ハイパーナイフ?」

「ああ、あの脂肪が薄くなるやつでしょ?」

その場にいた十一人のうち、ハイパーナイフを知らなかったのは私と競技三年目のもう一人だけだった。ハイパーナイフとは、ボディ・ビルに限らず、世間一般の美容業界で認知されている痩身機器である。特殊な高周波を肌に当てることにより、その部分の脂肪細胞が小さくなるというのだ。私はそういう施術のあることを、あのビキニとハイヒールを買った店の店長に聞いた。割引券のついたビラを渡され、相場は知らなかったが、有難く受け取った。

「これ、やったほうがいいんですかね?」

私は志を同じくする選手達に問うた。最初はE藤に訊いてみるつもりだったが、そういう雰囲気ではなかったのだ。

「別にやんなくていいよ。そんなの効果あるかわかんないし」

T井はリュックからミネラル・ウォーターとポーチを取り出しながら、当然のように答えた。こうした点、T井は硬派だ。昔からある大会準備は抜かりないが、新興の手法には不信が先立つらしい。ビキニもハイヒールもアクセサリーも滅多に新調せず、毎年同じものを身につけるT井だった。ビラを一瞥すると「これバカ高いし、ぼったくりじゃない?」と、容赦ない。

T井は、この場にいる選手達の中では最大の実力者だ。ところが、T井の見解が我々一同の見解、という雰囲気になりかけた時「私は二、三日おきにやってるよ」と、W辺が声を上げた。

「そりゃ一回や二回じゃ効果ないけど、根気よく続ければけっこう違ってくる。ほら」

百聞は一見に如《し》かずとばかりに披露されたW辺の大腿四頭筋《だいたいしとうきん》に、私達は目を見張った。最重要ポイントである筋肉のセパレーションが、見事に浮き出ている。先程のチェックでもO島に褒められていたが、間近で見るとかなり迫力があった。

それもこれで大会二か月前の状態だ。

「やっぱり食べない減量だけだと限界があるじゃない？　ハイパーナイフだと部位ごとに調整できるし、死ぬ気で減量しないで済むよ」

W辺はあくまで私に解説する風だったが、その実、間違いなく意識の矛先にいたのは、T井だった。W辺はT井と同い年で、身長は一七三センチだ。予《かね》てよりW辺が同じカテゴリーのT井をライバル視しているのは、火を見るより明らかだった。

私の息が止まったのは、わざわざW辺が「死ぬ気で減量しないで済む」と言ったからだ。正に先程のチェックで、T井が減量の甘さを指摘されていたのである。ちょっと、なってないんじゃない？　今年はいつもより体重増やした分、減量がきつくなるのは最初からわかってたんだから、今日から死ぬ気でやりな。O島の鋭い声が甦《よみがえ》る。

このW辺の挑発的な発言を、T井がどう受け止めたのかは不明だ。その前からT井は私達に背を向け、半分開けた窓から吹き込むビル風に当たっていた。折しもポーチから取り出したサプリを口の中に放っている最中だった。その文字通り広い背中は、こういう場合、沈黙は金ということを知っていた。

しかし、そんなT井に注意を払っていたのは、私だけだったらしい。W辺の仕上がりに触発された選手達が、わいわいとハイパーナイフに関する質問を飛ばし、一同は俄然《がぜん》盛り上がっていた。

私にとって、T井の気持ちは理解できるものだった。ハイパーナイフだか何だか知らないが、そりゃあ、何かズルい。横になっているだけで、脂肪細胞が小さくなるなんて。なるほど、そこには理屈では割り切れない歯痒さがある。帰国子女というだけで大学入試を突破した同級生や、コネで入社した上司のことが頭を過った。

とは言え、それらがルール違反でも何でもないことは、私達のよく知るところだ。T井も同じ理解だったからこそ、何も言わず、その場をやり過ごしたのだろう。だが、ここで私がT井に完全には寄り添えなかったのは、これが程度問題であることに、否応なく気づかされたからだ。私は、今頃はT井の胃袋に達したであろう、サプリメントの何たるかを知っている。ファットバーナーという、減量に特化したサプリだ。T井に限らず、この競技に挑む選手はけっこう飲んでいる。

私もこの前アマゾンで買った。

　T井さん、これは白黒つけられない程度問題だ。だからあなたは賢く黙ったんだろう。半世紀前のボディ・ビルダーから見れば、ハイパーナイフもファットバーナーも、ぜんぶ同罪だ。ならば、せいぜい私達は、自分の納得するルールに忠実にやるだけだ。そのルールを他人が逸脱したとて、知ったこっちゃないのだ。私達は、私達の身体のことだけを考えればいい。今までずっと、そうしてきたように。

「わたし、今日から有酸素の時間ふやす」

　その後、更衣室で二人だけになると、T井はさらっと言った。それにしても、T井の減量のどこが甘いのか、私には皆目わからない。私は「頑張って下さい」と返すのは僭越《せんえつ》だと感じ、ただ無視していないことがT井に伝わるよう、何度も大きく頷いた。できることなら一緒にやりたいが、私は減量の行き過ぎを注意された身だ。大会当日までは親が死んでも走らないだろう。

　存外、そのとき私が覚えたのは、淡い嫉妬だった。O島の初めて目にする憤慨の表情。ちょっと、なってないんじゃない？　そうだ、あの時は私のみならず、全員の時間が、はっと止まったのだった。O島は、十年来の師弟関係であるT井に対しては、随分と遠慮のない物言いをする。私などは、まだまだお客さん扱いなのだった。私は、O島に叱咤《しった》されるT井に嫉妬した。同時にああいう風にT井を叱咤できるO島にも。

しかし、そういう関係の中に自分を置いてみると、その抜き差しならぬ濃密さに、私は耐えられない気がした。私は、そういう人間だ。第二のT井になる自分の姿は、もはや自分ではない誰かだった。

私は、ハイパーナイフはやらないだろう。決してT井に対する忠誠ではなく、私は自分の心が、そう決めたのを知った。ビラを捨てようとしたが、既に誰かの手に渡ったらしく、私の手許にはなかった。

十日後、私は先日の皮膚科を再訪した。ピアス穴の経過観察、ではなく、ピーリングをしに来たのだ。万年すっぴんの私だが、言うまでもなく、大会当日は宝塚歌劇団ばりのメイクを施すことになる。化粧の「ノリ」というものを、私は初めて意識した。

保湿や脱毛により顔が整備されていくにつれ、毛穴に目が行くようになったのは、自然な流れだった。顔に限らず、この頃は脱毛を始める前より毛の量が多くなっている気がした。無論そんなはずはなく、要は意識の持ち方が変わったのだ。

大会当日にメイクを施すのは、Nジムが手配するプロのメイクアップアーティストだ。だったら大人しく座っていればいいのだと胸を撫《な》で下ろす一方、他人が手を下すとなると、はたと別の懸念が生じた。そのメイクアップアーティストが、私の顔に目を近づけ、いかにもプロらしい一瞥の後、小さく首を横に振りながら、E藤を振り返る。目の前にある大きな鏡には、間抜けに座る私がいる。私の生来の赤ら顔には、今日まで何の葛藤もなく共存してきた、無数の黒い毛穴たちがいる。一度も迫害されたことのない毛穴達は、何十年にもわたり黒く居座り続け、いまこの瞬間も奔放に散らばっている。

これじゃあ、ちょっと無理ですねえ。呆れたメイクアップアーティストは、遂に匙《さじ》を投げる。

大会出場、断念。

いや、あってはならない！

ピーリングもといケミカル・ピーリングは、顔に酸性の薬剤を塗布し、古い角質を取り除く施術だ。週一のペースでやるとよいとの触れ込みだったので、私は大会前日までに全部使い切るつもりで、五回分の回数券を買った。受付でカード払いする自分の手には、奇妙に現実感がなかった。

このピーリングは、E藤の指示ではなかった。先日の成り行き懇親会で得た情報による、私の自己判断である。T井にも話していなかった。今後も話すことはないだろうが、T井は一体、これをどう受け止めるだろう。ピーリングはズルいのだろうか。いや、これは筋肉の見え方とは関係ないから、ズルくはないのだろうか。しかし、筋肉の見え方に関係ないなら、あえてやる意味はあるのか。私は診察台の上で仰向けになり、蛍光灯の白い光の下で黙り、看護師が来るのを待った。

ひやりと頰に薬剤が塗られると、ピリピリとした刺激が走った。私は人知れず片膝を立て、増幅するピリピリに耐えた。何が起こっているのか定かじゃないが、効いている感じはある。今更ながらに、このピーリングとニードル脱毛は両立するのか不安になったが、両立させるしかなかった。

「ピリピリ感、強すぎません？」

「いえ、大丈夫です」

「では、このまま続けますね」

口の代わりに顔で炭酸水を飲んでいるようだと思いながら、私は一つの嫌なことを思い出していた。ああいうことをズルズルと思い出す自分が、ほとほと面倒だと感じる。私の頭には、つい先ほど同僚に言われた一言が、依然として引っ掛かっていた。曰く、女性は大変ですね。

その同僚は私の斜め前に座し、私が定時の五分過ぎに席を立つと「U野さん、さいきん忙しそうですね」と、声を掛けてきた。これより帰宅せんとする人間に声を掛けるのはセンスがなさ過ぎるが、それでも私は口の形まで作っていた「お疲れ様です」を飲み込み、帰る動作を一時停止させた。イエスともノーとも答えるつもりはなかったが、無視していないことを示すために「いえいえ」と応じた。

私とて、一介の会社員である。残業する同僚達を背に退社することに、全く気兼ねがないわけじゃなかった。だが、私の部署では業務は個人単位でこなすもので、処理し切れなかった業務を他の誰かに託すようなことはない。業務の調整は個人の裁量次第のため、定時で帰りたければ早めに出勤するとか昼休みを短くするとか、そういう融通の利く職場だった。そうでなければ私の大会準備は成り立っていない。

そういう次第で、今から何時まで残業するのか知らないが、この同僚が私を引き留めた時（こいつ、要領悪いな）と私は思った。残業代のためにこういう働き方をしているだけかもしれないが、一方で同僚のほうも、一年ほど前から働き方を変えた私のことを、要領が悪いと考えているかもしれなかった。残業代は惜しまず出す会社だった。

「ここのところずっと定時ですね。何かあるんですか？」

「おい、セクハラだぞ」

同僚が言うと、別の同僚が茶々を入れた。二人とも午後五時からスイッチが入る体質らしく、飲み屋街のように日が暮れると元気になるのだった。

ほら、U野さんとかはさ、ダイエットとか髪とか顔とか肌とか、いろいろやらなきゃいけないことが多いんだって。俺達とは違うんだよ。

確か、そういう文脈で出てきた「女性は大変ですね」だった。それに私が沈黙を返したからかもしれないが、私の傍聴する二人の会話は「女性は大変ですね」でいみじくも総括された。

私は、大変なのだろうか。

わからない。

意味もなく、その発言の真意を推し量ろうとした。同僚は心から「女性は大変」と労《ねぎら》っているようであり、憐れんでいるようであり、心を寄せているようではありながら、その痛ましそうに発せられた台詞《せりふ》の中には、あるいは優越がなかったか。軽蔑がなかったか。それとも安堵がなかったか。ああ、俺はこっち側でよかったと、笑っていたのではないか。

つい小一時間前の出来事に胸がざわつくと、私はやるせなくなり、無性に筋トレがしたくなった。何かもう、この顔のまま、今すぐにでも。こういう時は、特に理由はないけど、ラット・プル・ダウンがいい。関東平野を引っ繰り返す勢いで、バーを渾身の力で自分のほうに引き寄せたい。筋トレを願うのは、きっと、最中は頭が真っ白になるからだ。やればやるほど、自分が強くなるからだ。最も自明な形で、私は傷つきにくくなる。

顔中に薬剤が塗られ、パックのようになると、二十分はこのままにするらしく、私は待機状態となった。あと何分待てばいいのだろう。薬剤は目の上にも塗られ、時刻を確認できなかった。

ピピピとタイマーが鳴り、看護師が戻ってくると、薬剤が拭われた。そのまま顔のマッサージに入り、完了すると、おお、私の頬は、思わず何度も撫でてしまうほどプリプリである。あまりの急変にこのプリプリが勝負の行方を握っているようにすら思われる。

一週間後に同じ内容で予約すると、私は外に出た。駅に向かって早歩きしながら、この一週間が、あっという間に過ぎてしまうことが予想される。今朝の私の体重は、四十七キロだ。一週間後も同じ四十七キロをキープしなければならない。O島に減量の行き過ぎを注意されたものの、私は食べる量を増やすのが怖く、夕方にミックス・ナッツを齧るようになった程度で、ほとんど以前と変わらぬ食生活だった。もちろんそれでは駄目だったが、いちど極端に走った人間が、短期間のうちにバランスのいい状態に戻るのは至難の業だ。少なくとも大会まで残り八週間となり、ここで路線変更もとい気を緩めたら、私は自分が過食に転じる気がした。そうなったら取り返しがつかない。だから、そうなるくらいなら、このまま行こうと思った。こればっかりは、O島ではなく自分のほうを信じた。

八週間もあれば、まだまだ筋量は増やせる。いまは一グラムでも筋量を増やすことだけを考える。

一時間後、私はレッグ・エクステンションでひいひい唸っていた。今日は脚、とりわけ大腿四頭筋の日だ。一般に「前腿」と呼ばれるこのバルクとセパレーションの映える部位は、真ん中の大腿直筋《だいたいちょっきん》のみならず、周囲の広筋群も併せて発達させなければならない。やるべき種目は多く、要求される技術も自然と高くなる。

トレーニー達は口を揃え「脚の日が最もきつい」と言う。私もそれに同意する者だ。しかし、私達は決して脚のトレーニングを怠らない。なぜなら、極論すれば、人間の半分、つまり、私達の存在の二分の一は、脚なのだ。だから、どれほど辛《つら》くても、脚トレにはやる価値がある。そして、どれほど仕事その他で疲れていても、脚トレの重量を落としてはいけない。

レッグ・エクステンションは、座った状態で行う種目だが、私はセットごとによろよろと立ち上がり、前腿を入念にストレッチした。セット間の休憩は、きっかり一分だ。私は肩で息をし、無心に目の前の空気を見つめ、壁に掛かった時計の秒針を仰ぎ、何かのパイロットよろしく、再びレッグ・エクステンションに舞い戻る。

そうか、女は大変か。きっと、それは正しいよ。だが、お前の言う「大変」と、いま私を突き動かしている「大変」は、恐らく別物だ。

ポージングのレッスンは、五回に分けて実施された。初回は大会まで残り四十日となった、祝日の月曜だった。

レッスンには大会当日の衣装で臨む。私は鞄《かばん》に詰めてきたビキニを素人らしく身につけ、とても肌寒かった。紆余曲折の末、E藤のアドバイスにより、ビキニはミラーボールのような赤いものを買っていた。あの店長に言わせれば赤ではなく「ハイビスカス色」だが。

果たして、E藤の目は、やはりステージングのプロだった。その自分では絶対に選ばない別世界のようなビキニは、実際に身につけてみると、私によく似合っ

ろ た。競技用のビキニは背中を遮らないよう、トップスを固定する紐《ひも》が胸の真後ろではなく首と腰を通る仕様になっている。ボトムは無論トライアングルだ。そう来なくては股関節周りの絞りが隠れてしまう。そのトライアングルの攻めた角度、所謂ビキニ・ラインは『週刊プレイボーイ』のようだったが、日ごろ馴染《なじ》みがないため、却《かえ》って恥ずかしさはなかった。人間ドックで上半身裸になるのが恥ずかしくないのと同様に、こういうもんなんだなという感覚で、お辞儀の体勢になった私は、はみ出している陰毛がないかを気にするだけだった。もっとも短期集中の脱毛をくぐり抜けた股座に、もはやはみ出る陰毛はなかった。

裸足《はだし》でペタペタとスタジオに入ると「U野さん、いいじゃんっ」と、何人かの選手にビキニ姿を褒められた。お世辞ではない、はっとした物言いだと感じた。私は気恥ずかしさに縮こまると同時に、自分が一回り大きくなったような気がした。

ペットボトルとハイヒールをスタジオの隅に置き、鏡の前に立つ。すると、別人のように日焼けし、引き締まった身体が、私の目の前にあった。ここに来て、自分の身体の変化にまざまざと気づかされる。やはり同じ裸にしても、風呂場で無防備に素っ裸の時と、こうも見せる気満々のキラキラビキニ姿では、まるで受ける印象が異なる。腹筋が、将棋盤のように見事に割れている。腹筋の輪郭には生来の個性が強く出るが、体脂肪率が十四パーセントを切った時、私の腹筋は必要以上にイケメンだった。腹斜筋《ふくしゃきん》もちょっと落ち着けというほどすごい盛り上がりだ。さらに顔を鏡に向けたまま身体を横に捻ると、三角筋《さんかくきん》には立派な筋が出ている。その持ち主をぎょっとさせつつ、あたかも最初からありましたと言わんばかりだ。

これが自分の姿だと、すぐに納得するのは難しかった。自分の身体に見惚《みと》れている気恥ずかしさはあったが、私は恍惚とし、なかなか鏡から目が離せなかった。自分の身体を美しいと感じ、そして、好きだと感じたのは、ほとんどこの時が初めてだった。これが、自己愛というやつか。筋繊維の破壊と再生を幾度となく繰り返すこと、すなわち筋トレにより、それは忽然《こつぜん》と私の前に現れた。

勝ちたい。

この身体で、勝ちたい。

私は、俄かに闘争心を覚えた。それまでは競技一年目として、まあ出場することに意味があるという弱腰もあったが、そんなのはもう忘れた。なぜって、この身体なら勝てると思った。あたかも見てきたかのように、そう思った。依然として突っ立ったままの私は、人知れず燃えた。もしや、このハイビスカス色の色彩効果だろうか……！

ところが。

ひとたびレッスンが始まると、そんな高揚した気分は、瞬く間に吹き飛んだ。

「今日は初回なので、ウォーキングを徹底的にやります。個別のポーズ指導は次回以降」

E藤は、高らかに宣言した。

私が何に苦慮したかと言うと、ハイヒールの一言に尽きる。そう、このスニーカーとビーサンしか知らぬ脚に、それは異物でしかなかった。異物、いや、怪物。十五分も履き通すと親指の付け根が悲鳴を上げ、痛くて脱ぐことさえできなかった。

なるほど、ハイヒールは魔法のように、脚を実際の三倍はマシなものに見せる。BB大会出場にハイヒールの着用はマストだが、実はヒール高にも規定があり、曰く「十二センチ以下」だ。ちなみにここに上限の規定はあるが、下限の規定はない。すなわち極端に解釈すれば、ヒール高一ミリのハイヒールで出てもいいことになる。しかし、無論のことそんなハイヒールで勝負に出る選手はいないのであって、これの意味するところは、やはりヒール高は高ければ高いほど、勝利に近い。わざわざ上限が設けられているのは、ヒール高は超高層ビルのようにやろうと思えば際限なく高さを追求できてしまい、そうなると勝負の重心がヒール高に偏ることが予想され、それはBB大会の意図するところではないからだ。が、ヒール高と脚の見栄えに相関がある以上、どの選手も申し合わせたように「十二センチ」を選ぶ。目下、私の脚先にいる二匹の怪物も、暗黙の了解のように十二センチだ。

私達は九十分間、ウォーキングに明け暮れた。スタジオの端から端を、何十往復もした。全く様子は異なるが、シャトル・ランを思い出した。

E藤の手の平が、思いのほか大きな音で、一定のテンポを刻む。顔上げてっ。胸張ってっ。腰反らし過ぎっ。歩幅足りないよっ。普段はお淑《しと》やかに喋《しゃべ》るE藤だが、レッスンだと途端に一オクターブ低い声になった。次々と飛ぶE藤の喝に、私はついていくのがやっとだった。しかし、E藤に集中する反面、頭の半分程度は頼むから足首の捻挫だけは勘弁してくれと天に平伏《ひれふ》していた。

「U野さんは、もっと上半身をリラックスさせなきゃ。固めるのは下半身だけでいいから」

E藤が自ら手本を見せると、参加者一同が息を呑《の》んだ。全くステージング・ウォークをするために生まれてきたかのようだ。歩くだけで場の空気を一変させるE藤は、紛れもなくプロだった。競技歴の長い選手と比較しても、そこには雲泥の差がある。

ステージング・ウォークで難しいのは、実は腕の動作だ。上級者でも意識しないとぎこちない動きになってしまう。この競技では、まず舞台袖から登場し、定位置に着き、その場で歩みを止める時に、一つの表現が必要になる。どういうことかというと、審査員のほうを向く時、選手達は右方向に九十度回転《クオータターン》するが、そのさい何も考えずにターンしてはならず、腕を「舞い上がる花弁のように」ふわっとさせて「花にとまる蝶のように」はらりと下ろす必要がある。もちろんこれらはターンと連動させながら行う。

この点につき、私はめちゃめちゃに注意された。足許が不安定で腕の動きに集中できなかったのもあるが、どう努力しても、ぎこちなくなってしまうのだ。ステージに立ったら指先も常に「女性らしく」先端まで伸ばす必要があるが、ターン云々以前に、それすらも満足にこなせなかった。E藤は「普段から女性らしさを意識していないから」こうなるのだと分析したが、それはどうだろう。チラとT井を見ると、普段は私以上にトレーニングのことしか考えていないようでありながら、いつになく優雅に振る舞っている。しかしT井は競技歴が長く、結果も残している選手だから、それは当然と言えば当然だった。

遂に私がすっ転んだのは、レッスン開始から一時間後だった。

幸い、足首は何ともなかった。単に踵《かかと》が滑っただけだった。派手に尻もちをついた時は、その衝撃よりも恥ずかしさのほうが勝《まさ》った。隣の選手が手を差し伸べて、私を立たせてくれた。びっくりしたのか、そのあと足首はかくかくと不安定になり、私は一歩一歩を恐々《こわごわ》と踏み出した。生まれたてのバンビになった気分だ。

レッスンが終わると、案の定、私はE藤に呼び出しを喰らった。

開口一番に、ハイヒールの履きこなしも重要な審査対象であるとE藤は告げた。

そして、今のままでは、とてもU野さんは自信を持って大会本番を迎えることができないと。

「でもね、別にステージで転んだっていいのよ。私も本番で転んだことがある。大事なのは転ばないことじゃなくて、自信を持ってステージに臨むことなの」

そのためには、ハイヒールを自分の身体の一部にする必要がある。あなたの、脚の一部にする必要がある。

「今日から最低一日一時間は履くようにして。まずはハイヒールに慣れないと」

E藤の言葉には、熱が籠っていた。私に、期待を寄せているのだった。E藤の期待は、O島の期待でもある。私は次回のレッスンまでの改善を誓った。その期待に応えたい分だけ、自分の無様な脚が情けなくなった。いや、無様なのは脚というより、腕も指も身体中の全部だ。

帰りに外履き用のハイヒールを買った。もちろんヒール高が十二センチのものだ。レジで箱から出して貰い、値札も切って貰い、早速コツコツと駅前を歩きながら、T井が、ハイヒールは自転車のようなものだと私を励ましたことを思い出す。乗りこなすまで多少の練習は必要になるが、一度ものにすれば、後は無意識に使えるようになる。

翌日から、私は自宅の玄関をハイヒールで出た。そのまま通勤し、途中の乗換駅で、いつもの黒いスニーカーに履き替えた。ハイヒールのまま出社しなかったのは、周囲の反応が嫌だったからだ。いや、それ以上に、同僚の前ですっ転ぶという悲劇を回避したかった。

一週間後、コソコソと駅のホームでハイヒールをＡＢＣマートの袋に入れながら、ふと、あの発言が頭を過った。

女性は大変ですね。

いかんいかん。

はっと顔を上げると、私は階段を駆け上がった。

二回目のレッスンは、大会の一か月前だった。

私は、前回にはなかったオーラを身につけていた。

まず、私はハイヒールと和解した。通勤時の着用に加え、その頃には自宅でも室内用のハイヒールで過ごしていた。そんな次第で、寝ても覚めてもハイヒール。

点滅した青信号に反射的に走り出し、ああ間に合ったと減速したら、ハイヒールだった。一昨日《おととい》の話だ。私の脚は、そこまでの進化を遂げていたのである。

そして、執拗《しつよう》な動画研究。予てからの不眠は、もはや生活の一部と化していた。私は夜な夜な過去のBB大会の動画を観つづけた。通信料を気にしつつ、意識を失うまで何度も再生し、夢の中でもYouTubeって広告多いなあと文句を垂れていた。BB大会の動画自体は、初回のレッスン以前から時おり視聴していたが、やはり実際にポージングをやってみると、同じ動画を観る目は別物になる。何事も実践が最大の学びだった。

そんな状態で挑んだ二回目だったため、私の目はやや充血気味だった。左の瞼《まぶた》がピクピク痙攣《けいれん》する始末だ。

この日、私の神経は指先の爪先の、さらに一センチ先にまで行き届いていた。

「リラックス・ポーズ」

MC役のE藤は、本番と同じ要領で規定ポーズの指示を出す。

「フロント・ダブル・バイセップス」

私は右脚を斜め前に出すと、両腕を内側から大きく旋回させながら、上腕にあらん限りの力を込めた。腕を耳の高さまで持ち上げ、肘を六十度くらいに曲げる。このとき手は拳固《げんこ》になっており、このままのほうが踏ん張れるのだが、そうは問屋が卸さない。ポーズが決まると「花が咲くように」手を広げ、指をピンと伸ばし、手の甲を審査員側に向ける。この時の「エレガントさ」を際立たせるために、当日はネイルも施すのだ。

私は微動だにしない大道芸人になったつもりで、ひたすら浅い呼吸を繰り返した。腕が疲れてくると、一瞬だけ脱力し、すぐに力を込め直した。ただしこれは本番ではあまりやらないほうがいい。

「サイド・チェスト」

右に九十度ターンし、下半身を固定すると、両手を重ねた状態で、腕を前に突き出した。すると「U野さん、動きが速すぎっ」と、E藤から注意が飛んだ。正面に向き直り、もう一度ゆっくりとやり直す。このポーズに限らず、せかせか動いてしまうのが私の癖だった。とにかく鷹揚《おうよう》に、いちいち見せつけるように動くこと。大きな動作はそれだけ審査員へのアピールになる。遅れてポーズをとると、隣の選手に「顎を上げ過ぎっ」という注意が飛んだ。思わず顎を下げると、「U

野さんは、そのままっ」。

「バック・ダブル・バイセップス」

再び右にターンすると、私は背中に垂らしていた髪を、幾分もったいぶった動作で、右肩の前に持ってきた。既に一年近く伸ばしている髪は、肩甲骨に達している。そう、あの発起会の遥か以前、Nジムに入会したその日から、この計画は始まっていたのだ。全てはこのバック・ダブル・バイセップスのためだった。

言うまでもなく、あくまで審査対象は背中の筋肉だ。髪の長短は微塵も関係ない。しかし同じ筋肉でも、ターンした瞬間に露になるより、簾《すだれ》のような髪を払った後のほうが、往々にしてステージでは映える。同じ裸にしても、同じプレゼントにしても、ちょっと隠してから開示するほうが、人間の心は躍るのと一緒だ。これは、もはや他愛ない印象の話でしかなく、そんなことで勝負が決するわけでもなく、私自身そう解説された時は「？」となったが、それでもなお、人間のものの捉え方に即す戦術だった。現に海外の選手はロングが大半だ。これは、この「長髪を前に持ってくる」動作の色気が、世界的に認知されているからだろう。そういう付属的な動作も極めるとアピールの一環になる。

こと髪型については、E藤と一悶着《ひともんちゃく》あったことを思い出す。E藤は「若いうちは髪にコシがあるから」ロングは武器になるのだと言った。武器は持っているに越したことはない。もし私の背中に他を圧倒するバルクがあったら、私はあるいは髪を伸ばさなかったかもしれない。だが私の背中は、むしろ弱点だった。だから、藁《わら》にも縋《すが》るではないが、それで僅かでも事が有利に進むなら、私は、髪くらい伸ばそうと思った。ちなみにロングで出場するならパサパサの毛質では意味がない。シャンプーとリンスは近所のスーパーにある一番安いものから、人知れずヴィダルサスーンに変えた。

背中のポーズは、いちばん難しい。競技一年目だと、まず背中の筋肉を意識的に動かすことが至難の業だった。に動かすことが至難の業だった。三十秒もすると、上体が小刻みに震え始めた。

力の入れ方が、板についていないのだ。

「サイド・トライセップス」

最後の規定ポーズを終えると、慣れぬことに奮闘した後の、くらっとした眩暈《めまい》を感じた。半ば放心の態で、正面に向き直る。しんとした五秒の後に、はい、終わりっ。横に並んだ十二人が、どっと息をつく。五分の休憩を挟みながら、同じことを十回繰り返した。

二回目のレッスンでは、ひたすら転倒の恐怖に晒された前回とは違い、不可避的に自分の身体と向き合うことになった。動いている時間より止まっている時間のほうが圧倒的に長かった。じっとポーズを固めながら、目が開かれている限り、どの方向にも自分の姿が映った。

この日、私が学んだのは、生まれつきの体格の良さは、やはり何よりステージ映えする要素だということだ。この日の参加者の中で、私は最も小さい選手だった。カテゴリーは異なるものの、長身の選手の隣に立つと、いやが上にも見劣りした。

人間の目は、まずは大きなものを捉える。どれだけ私の鍛え方のほうが優れていても、人間の目が最初に向かうのは、大きなものなのだ。そもそもボディ・ビルという競技自体が「大きくなること」を出発点としている。筋肉を鍛えることは、大きくなるための一手段なのだ。だから、元より身体が大きなことは、問答無用のアドバンテージになる。もっともそのために身長別のカテゴリーが設けられている。

とは言え、そんな気づきに多少打ちのめされはしたが、そこで悩んでも時間の無駄だった。横に立つ選手がどうであれ、私は、この自分の筋肉をアピールしなければ。愛していてもいなくても、これしか持っていないのだから、この身体で勝負しなければ。私は自分が審査員になったつもりで、鏡に映る自分の姿を、赤く瞬きの多い目で凝視した。

翌日、私は実家にいた。

関東圏にある実家は、行こうと思えばいつでも行ける距離だった。弟が結婚し、顔合わせをするため呼び出されたのだ。乗り気ではなかったが、Nジムでのトレーニングを終えると、私はすぐに辞去するつもりで電車に乗った。

現地集合の中華料理屋で無事に食事を済ませると、私は退散しようとしたが「家で食後の紅茶でもどう?」と、母が余計なことを言った。私は母に非難の目を向けたが、弟の妻もとい義妹は「ありがとうございます、ぜひ!」と、即座に参加表明。立場的にそう答えるしかなかったのだと思われる。猫がいるんだけど、動物は平気? はい、猫ちゃん、大好きです。しかし、我が家に紅茶などあるのか。

　案の定、紅茶がないということで、私は店先で母に手招きされた。

「何でないのに誘ったの？」

「いやあ、あの人、すごいちゃんとした人じゃない？　お母さん、何だか申し訳なくなっちゃって」

　つい見栄を張ってしまったらしい。

「煎茶ならあるでしょ？　それでいいんじゃない？」

「いや、駄目でしょっ」

　母は色めき立った。

「ああいうお嬢さんには、ちゃんとした紅茶と、それに見合うお菓子を用意しないと。ごめん、お母さん、何も準備してなかったわ。あんなにちゃんとした人だとは思わなくて。自分の娘はこんなんだし、そういうのに慣れてないのよ」

　最後の一言は余計すぎたが、ここは協力すべきと思われた。極秘指令を受けた私は、四人が西武《せいぶ》のファッション・フロアを散策する中、ひとり地下一階の食料品売り場に向かい、一目で上品とわかる紅茶を調達した。ふと心配になり、四組のカップとソーサーも買った。お菓子はヨックモックだ。全く、こんないい娘ほかにいますか。

指令通り一足先に帰宅すると、家の中が整然としていることにひとまず安堵し、母の望む「食後の紅茶」を実現すべく、私は台所で忙しくした。予想に反し、カップとソーサーは既にいい感じのがあった。ファブリーズを至る所に激しく噴射した。半時間後に四人がやって来ると、二匹の飼い猫を出迎えに向かわせ、戦闘開始の合図よろしく、私はティファールのスイッチをオンにした。

十分後には、いみじくも紅茶とお菓子が用意された。母は猫達の気を引こうとしながら、二匹を義妹に紹介した。私は熱心に相槌《あいづち》を打ったり質問したりする義妹を陰ながら応援しつつ、その遣り取りには参加しなかった。黙って殊のほか美《う》味《ま》い紅茶を啜《すす》り、豪勢な缶から五パックを万引き犯のようにポケットに移した。私以外の者はザクザクとヨックモックを食べた。

ちょっとしたドラマ的展開になったのは、そうして五人が名目上は寛《くつろ》ぎ、父が何となくテレビをつけたときだ。休日の午後三時、その民放番組は、何と、ボディ・ビルを特集していた。巷《ちまた》では数年前から筋トレが流行《はや》っている。私も半ばそれに乗じてGジムに入会したのだ。

テレビはとある選手の密着取材を放映しており、私の目は自然と画面に吸い寄せられた。会ったことはないが知っている選手だった。

「お前も最近、こういうトレーニングしてるんだろ?」

とつぜん話を振られ、私ははっとした。おいおいおいおいおい。話題が私の近況に及ぶなら、もうお開きにしたほうがいいのではないか。しかし義妹の手前
「してるよ」と、私は素直に応じた。

「すごいなあ、お姉さん、すごいシュッとしてますよね。スキニーが似合うし、ウエストも細いし。わたし、筋トレとか絶対にできないです」

考えてみれば、最初から義妹にとり、最もハードルが高かったのは、この私だったのだろう。中華料理屋でも同席しているだけでほとんど喋らず、弟の奮発したご馳走《ちそう》が円盤に載って目の前をぐるぐると回る中、頑《かたく》なに麦茶と小松菜だけを食べていたのだから。弟夫婦からすれば、異様な箸の軌道だったに違いない。

家族には、大会に出場することを話していなかった。両親は私のストイックな食生活を知ってはいたが「こいつ、ダイエットしてるんだ」程度にしか思ってい

なかった。ちなみに髪を伸ばしているのは彼氏ができたからだった。日焼けしているのはその彼氏がサーファーだからだ。

「いやいや、ちょっとジム通いしてるだけだよ」

私は友好的な笑顔で応じた。ここで母が、またもや余計な一言を口にしなければ、私は健康的で穏和な義姉《ねえ》さんで済んでいたものを。

「いやだあ、お姉ちゃん、あんなムキムキにならないでよ？」

母の視線の先を追うと、テレビは大会当日の様子を映していた。揃いも揃って小麦色の身体を誇示する選手達。決勝のステージらしく、全員が常人離れした筋量の持ち主だった。

私の胸に暗雲が立ち込めたのは、この時である。美味そうにシガールを齧る母に向き直ると、私の口は、勝手に動いた。私とて、人の子だ。減量中で食べたいものを食べられず、無意識に苛々としていたのかもしれない。この集まりのために大会直前の貴重な休日が無駄になっていることに、苛々としていたのかもしれない。いや、あるいはテレビに映るファイナリスト達の姿に、内心どうしようもなく焦るものが込み上げ、やはり、苛々としていたのかもしれない。

「なに、いやだあって」

母から目を逸《そ》らすと、私はもう飲まないつもりで、静かに紅茶のカップをソーサーに戻した。

「だって、女の人が、あんなに鍛えちゃ変じゃない」

「別にぜんぜん変じゃない」

「でもあんなにムキムキなのよ？　R恵さん、どう思う？」

おい、第三者委員を呼び出すか。母は素早く私との議論に決着がつかないと見るや、迷わず義妹を巻き込んだ。見上げた政治的手腕だ。母も私も、初対面の義妹に自分の意見を押しつけることはできない。斯くして、この議論の決着は、義妹の一存に委ねられた。そして、義妹にすれば、迷惑この上ない事態であることは間違いなかった。

えー、そんなのどっちでもいいよ。やっぱ親族との付き合いは面倒だわー。困ったように表情を緩める義妹の心情は、そんなところだったろう。一方、義妹の夫は、新婚なのだから「おい、母さん、姉ちゃん、そんなくだらねえことにR恵を巻き込むなっ」くらい言えよという感じだったが、そういう助け船を出すでもなく、ぼけっとしていた。

「ううん、私はカッコいいと思いますけど。でも私がお母さんの立場で、お姉さんがあんなにムキムキになったら、ちょっとびっくりしちゃうなっ」

いや、あんなにムキムキですけど。私は義妹の綱渡りのような中立的コメントに感心しつつ、退去の時を悟った。

しかし、この場にいる四人が、私のサイズ大きめのパーカーに包まれた身体の実態を把握できないのは、無理からぬことだった。現在放映中のファイナリスト達とて、ステージで映えるのは非日常的な競技用ビキニを着用しているからで、直前にボディ・オイルを塗りまくっているからで、舞台裏で入念にパンプ・アップしているからだ。ステージ用の照明も選手達の身体を大いに引き立てる。

忘れてはいけないのは、この選手達の半数くらいは、大会の後、普通に電車で帰るということだ。そして、その姿は真夏でもなければ、逆に二度見してしまうほど普通である。私は電車の座席にちょこんと座る、昨日のT井を思い出す。昨日の二回目のポージング・レッスンは、関東にあるもう一店舗のNジムへ遠征していた。長身で筋骨隆々としたT井だが、世間の狭間に置かれると、途端に常人らしくなるのだった。

　体格にトレーニングの成果がめきめきと現れる男子選手とは違い、一般に女子選手の身体は、それほど容易には大きくならない。ああいうトップクラスの選手達とて、ビキニや半袖を着ていればこそ、日頃のトレーニングの成果が目に見えるのであって、ちょっと長袖なんかを着れば、そんなものは誰にもわからなくなる。義妹の言う通り、せいぜいシルエットが「シュッとして」いる程度だ。いい意味でも悪い意味でも、女子選手の肉体改造は一筋縄ではいかない。

　私がお母さんの立場で、お姉さんがあんなにムキムキになったら、ちょっとびっくりしちゃうなっ。

「でしょう？　この子はね、一度これをやると決めると、もうそれしか見えなくなっちゃうの。昔からそうなのよ。だから心配になっちゃうわ」

　私は名前を呼ばれた卒業生代表のように立ち上がると、とつぜん椅子の背に掛けてあった薄手のダウンを羽織った。ちなみに十月の半ばにしてはやや厚着なのは、身体を冷やさないためだ。血流が悪いとトレーニングの効率が落ちる。

　遂に、私は吠《ほ》えた。

「あのねえ、運動とか一切しないお母さんにはわかりっこないけど、こういう風になりたくても、簡単にはなれないんだよっ」

なれるもんならなってみてえよっ。

えっ、怒るポイントそこ？　四人は目を点にした。我関せずだった父と弟も、はっと目を向けた。私の怒りは、その珍しさもあり、けっこう迫力があった。場の雰囲気としては、ちゃぶ台ならぬニトリのローテーブルをひっくり返してもよかったが、私にそういう破壊衝動はなかった。ジッパーを顎まで引き上げると「帰るね」と、忍者のように立ち去った。

母上、心配ご無用。

というか、ご意見無用。

義妹の唖然《あぜん》とした表情。

いや、どんなお姉さん……。

駅のホームに降り立つと、折しも上り電車が到着し、孤立無援の私を迎えに来たようなタイミングの良さだった。車内は空席だらけだったが、座る気は起こらず、私は思春期のようにドア付近で流れ去る景色を眺めた。

まあ、こういう小競り合いは、しばしばあることだ。とは言え次に帰るタイミングは正月だが、どうしよう。今年は義妹も来るのだろうか。いっそ四人揃ってハワイにでも行ってくれないだろうか。我が弟においては、この気のふれた姉の存在をむしろ契機とし、夫婦の絆《きずな》をさらに深めて欲しいと思う。

私は、依然として怒っていた。このように怒るのは、一体いつ以来だろう。私は、自分が怒っていることが不思議でありながら、何か愉《たの》しいと感じていた。こうしてプンスカしていることが、何やら無性に愉快だったのだ。

怒るのは、守るべきものがあるからだとすれば、それは幸せなことだと考える。これまでにも自分の取り組みを否定されたり馬鹿にされたりすることはあったが、いずれも今回のような怒りには繋《つな》がらなかった。今回、私は図らずも熱くなった自分の胸に、BB大会に向けたいまの取り組みがいかに自分にとって大事なものなのかを、教えられた気持ちだった。

どうやら、まもなく三十という年代になり、ようやく私は、自分の世界なるものを確立しつつあるらしい。その展望にあるのが、幸せな家庭とかではなく、世間一般には馴染みの薄い、怪しげな競技だったとしても。その世界を一歩でも侵

された ら、私は怒るのだ。

乗換駅までの十分間、徐々に増えていくビルの数を数えながら、私はこのカッカした気持ちを味わった。冷めるのが惜しいと感じた。

大会まで、残り一週間。

ポージング・レッスンも四回目になると、私も一端の選手だった。レッスン自体もより本番のステージを意識した内容になった。例えば「スイッチ」と呼ばれる並び替え時の動作。「コール」と呼ばれる個別に指名された時の動作。本番のステージではこれが必ず生じる。

並び替えには、集団単位のものと個人単位のものがある。前者は審査員達が、選手全員を同じ条件で見るために行われる。いっぽう後者は、主に順位づけのために行われる。例えば3番と7番が甲乙つけがたい場合、両者を隣に並ばせ、順位をつけるのだ。この定量的な評価軸のない競技に、同順位はない。

「2番と3番、スイッチ」

この日、選手達の左の腰には、背番号ならぬビキニのボトム番号がクリップで留められていた。E藤に呼ばれると、2番の私は右腕を天井に突き上げ、左腕を床にピンと伸ばし、そうしながら膝で会釈するようにちょこんと屈伸する。この三秒程度の動作の後に、私は3番と入れ替わる。

学生時代に新体操をやっていたという3番は、このスイッチ時の動作が自己流だった。鏡越しに躍動する大振りな動作は、3番の溌剌《はつらつ》とした雰囲気によく合っており、応援したくなる魅力に満ちていた。いっぽう私の動作は、E藤に教えられた基本の「き」だ。自分なりに一生懸命やるものの、どこかやらされている感が拭えない。しかし、あの厳しいE藤が特にコメントをせず、目で頷いたことからすると、出来栄えは上々であり、どうやら私の自己評価のレベルが上がったのだった。

それは、魔が差すように頭を過った。

本番で、この動作をすっぽかしたら、どうなるんだろう。

「…………」

しかし、それは他愛ない思いつきだった。現に一秒後には忘れ、私はレッスンに集中した。いちどステージに立った選手は、一瞬たりとも気を抜いてはならない。自分とは関係ない他の選手がコールされた時も「観客席にいる全員が自分を見ているのだと思って」構える必要がある。具体的にどうするのかというと、自分の得意なポーズをさり気なくやり続けるのだ。一つだけだと間が持たないため、複数のポーズを上手いこと組み合わせながら、アピールが途切れないようにする。要は突っ立っているだけでは駄目なのだ。

私は一週間後の観客に向かい、切れ目のないポーズに徹した。ポーズをとり続けることとは、ともするとトレーニングに匹敵するほど疲れる。しかし、私のポーズは、既に堂に入ったものだった。隣でサイド・チェストを決める競技歴五年の選手と、もう互角に渡り合えるほどに。

しかし、世の中はそんなに甘くない。

「U野さん、ちょっと」

レッスンの後、もはや「ちょっと」だけで意図の知れるE藤の呼び出しに、私は内心驚いた。今回ばかりは思い当たる節がなかった。

「短期間で、あなたは目覚ましく成長しました。正直はじめは心配だったけど、今は動作も安定してるし、表現力もあるし、何より自信が漲《みなぎ》ってるのがわかる。

U野さんの競技に対する一途《いちず》な気持ちには、私も多くを学びました」

注意する前に褒める、というのはE藤の常套手段《じょうとうしゅだん》だが、今日はやけに気合が入っているなと感じた。

「でもね、U野さん。もっと笑わないと駄目よ」

E藤は自ら、にいっと美しく笑ってみせた。

「U野さんもやってみて」

ハイヒールを乗り越え、わざとらしい動作を乗り越え、その他のあらゆる課題を乗り越え、私は、全てを手に入れた気になっていた。ところが、ここに表情というやつが、私の前に立ちはだかった。

弾けるような笑顔。それは、この競技では必要不可欠だった。

私の顔からは、ぱたりと笑顔が消えたらしい。

「前回まではU野さん、とっても良かったのよ。動作は危なっかしかったりぎこちなかったりしたけど、それでも周囲に溶け込んでいたの」

思い返してみると、私は周囲の選手達のことを、三回目までは気持ち悪いくらいに見ていた。もちろん自分のことで一杯一杯だったが、それと同じ分だけ、私は周囲に縋りつくような目線を向けた。私は「まずは模倣」なるE藤の言葉は、真実を突いていると思った。だから隣に立つ選手の分身たらんとしたのだ。あわよくば、その身体に染みついた私より長い経験が、丸ごと自分のものになればいいと。そんな模倣に徹した私の口角は、無意識にせよ、上がっていたに違いない。言うまでもなく表情は欠伸《あくび》のように移る。

今回のレッスンで思い出せる他の選手の姿は、3番だけだった。あのスイッチの時の動作に、はっとしただけだ。九十分間、私の見つめていたものは、ほとんど自分自身だったということになる。幸か不幸か、私の目は、もう縋りつく先を必要としなかった。

「表情筋も全力でアピールしないと駄目よ」

元ミス・ユニバース日本代表の言葉は、もっともだった。

ポージング・レッスンは、大会三日前の五回目を最後に幕を閉じる。大会前日は本番会場でのリハーサルがある。しかし、着実に山場に向かってはいるものの、そういう実感を薄めるかのように、一日というやつは、いつもと変わらなかった。

私は、ともすると大会など知らぬ存ぜぬという風に、淡々とNジムで鍛え続けた。

その日、私は久々にスミス・マシンでベンチ・プレスに励んでいた。三週間ほど休んだら痛めた肘は元に戻った。一分間のインターバルに入ると、ぐわっと上体を起こし、BCAAを溶かした水を少しだけ飲み、再び仰向けになり、中央に目印のテープが貼られた冷たいバーベルを半ば本能のように掴む。目印のテープが、少し剝がれかかっている。秒針が、次のセットの開始を告げる。私は早くも乾いた舌で、もっと乾いた唇を舐《な》める。

黙々とトレーニングする間、私は幸せだった。そういう実感が日に日に増すのは、ここに来て、私が競技の内情を理解しつつあるからだ。全貌が見えてくると、この競技に自分が向いていないことは明らかだった。

ステージの求めるものを、私はいちいち教えられ、納得し、意識し、練習しなければ自分のものにできなかった。ポージング・レッスンで散々叩き込まれた、自分の身体を第三者に向け発信するための、最低限のテクニックだ。それらを死に物狂いで自分のものにした気になっている私だが、やはり、そうしたテクニックの本質は、主体性にあるのだろう。真に自分を見てくれと思えば、そういうのは自然と出てくる。そういうのは人に言われてやるものではない。そうした真の主体性に比べれば、私の身につけたものは、小手先以下の下手な演技に過ぎなかった。事実、レッスンの間、私は常にやらされている感と共にあった。

大会当日、私は審査員と観客に向け、心から笑い続けることができるだろうか。小さい頃から被写体になるのは苦手で、七五三の時には晴れ着姿のまま写真館から脱走した私だ。そんな私が無事に競技をやり切ったら、それは、成長と呼ばれるのだろうか。

対象が何であれ、物事に真剣に取り組む時、私は真顔になる。ポージングの間は真剣の塊だから、私は真顔というか、真顔を超えた張り詰めた表情になる。それ自体はいけないことではないのだろうが、競技の性質上、明らかに印象はよろしくなかった。印象がよろしくないのは、ほとんど印象勝負と言っていいこの競技では、敗北を意味する。

私は、人工の笑顔を否定しているのではなかった。が、表情には実際以上の意味が与えられ過ぎている。笑顔の人を幸せだと決めつけるのは、セックスしたから愛してると同じくらい純真が過ぎる。同じく笑顔じゃない人を不機嫌とか不遜とか不幸と決めつけるのは、まあわからないでもないが、私からすればちょっと待って下さいという感じだ。笑顔至上主義の世の中ではあるが、カメラの前でも他のいかなる場面でも、表情が語らないことは多分にある。

私には生来ポーカー・フェイスの気があったため、E藤の指摘は人格そのものを否定されたようで、ちょっと消化不良を起こした。こうなると純真が過ぎるのは私のほうだ。この表情の乏しさのために、今まで何人もの人を不安にさせたり、不快にさせたり、ぎょっとさせたりしてきたのだろうが、そういう方々には丁重に謝罪するにしても、私は無理に笑おうとすると、人の三十倍は消耗するのだ。

「でも表情は審査対象じゃないですよね？」

事実、男子の大会では真顔で通す選手もいる。

「いや、そうだけどさ……でも私達はしっかり笑わないと、何か怒ってるみたいじゃない？」

私の問いに、T井はそう答えた。私はそれに「……」と返した。世間とは別の空気を吸いたくて、この風変わりな競技に挑んだ節が、私にはあった。だが、結局のところ、この競技は世間の鏡だったということか。何で面白くもないのに笑わないといけないんだろう。何でめちゃめちゃ集中してんのに無理して破顔しないといけないんだろう。いやー、それは抱いてはならない疑問だろう。競技云々以前に、人間が社会的な生き物である以上、そんな疑問は六歳くらいで割り切っておくべきだが、アラサーの私は、ここに来て悩んだ。

そんな内心を吐露すると、T井はさらに困った顔になった。

「そんな突き詰めて考えたら、何もできなくなっちゃうよ」

T井の素朴なコメントは、もっともだった。振り返ってみれば、こんな幼稚な葛藤に、カウンセラーでも何でもないのによく付き合ってくれたものだ。私達は連れ立ってNジムを出るところだった。

「でも、何と言うか、ハイヒールとか脱毛とか日焼けとかは、わかるんです。ハイヒールを履いたほうが、脚が長く見える。脱毛をしたほうが、カットがクッキリ見える。日焼けをしたほうが、全身が締まって見える。だけど、笑顔を作るとかいちいち優雅なポーズをするとかデカいアクセサリーをつけるとか歌舞伎役者みたいに化粧をするとか、そういうのは、何と言うか、筋肉とは関係ないですよね？」

ああ、遂に。私は、ゲロったのだった。それは正しく、カツ丼を前にした容疑者が、犯行を白日の下に晒す心境だった。ひと思いに白状した私は、罪人になったと同時に、これで解放されたのだと、半ば感無量で天を仰いだ。曇っているのか場所柄か、T区の夜空に星はなかった。

E藤の言った「クラシック」の意味が、今の私にはよくわかる。女は審査項目が多いということ。そういう意味で、この競技は「クラシック」なのだ。

なあ、母ちゃん。先日はすまなかった。けれど、あなたが「女らしくない」と評したボディ・ビルは、実は、そうじゃないのだよ。この競技は世間と同等かそれ以上に、ジェンダーを意識させる場なのだ。昨今「女らしさ」の追求を、ここまで要求される場面を、私は他に知らない。人はボディ・ビルを「裸一貫で戦う」とは言うが、そんな称賛に、私は鼻白んでしまうのだ。

私が化粧をしないのは、単に羞恥心が疼《うず》くからだった。会社の採用面接にも私はすっぴんで臨む。私はすっぴんでいることより、化粧をしていることのほうが、百二十倍は恥ずかしかった。化粧をしているということは、私が毎朝化粧する時間を設け、よちよちと鏡に向かい、あるものをないように処理したり、ないものをあるように処理したりしていることを意味する。さらに言えば、ドラッグストアで化粧品を買ったり、どれにするか悩んだり、寝る前に化粧を落とす時間を設けていることも意味する。化粧を施した顔は、そういうことを暗黙のうちに物語るのだ。私には、それが異様に恥ずかしい。芸能人でもない自分が、この小便みたいな顔に多かれ少なかれ労力を費やしていることが、身の丈を忘れているようで、恥ずかしいのだ。

私は、化粧しないなあ。スカート持ってないなあ。髪のばさないなあ。愛想ないなあ。だって、そんなことしなくても、私は十分に女だもの。これ以上はないほど女だもの。私の知る他の誰よりも、そうだもの。だけど、そんな人間じゃなかったら、よかったなあ。こういう人間であるために、私は筋トレが嫌いになりそうだ。本当は筋トレが好きなのに、最近は大会のことを考えると、どっと冷めた気持ちになってしまう。そのことが、どうにも割り切れないですねえ。

「U野、今日はよく喋るなあ。プロテインで酔ってるの?」

私が胸のうちを明かすと、T井は感心したように笑い、トレードマークのえくぼが現れた。私達はコンビニのイートイン・コーナーにいた。免罪符のように水は買ったものの、二人とも持参したプロテインを飲み始め、T井などは減量弁当を広げているのだから、何て質の悪い客だろう。気がついたら午後九時になっていた。私は十分近く喋っていたらしい。一生ぶん喋った気分だった。

「じゃあU野は大会に出るの止めるの？」

T井は茹でただけのカリフラワーを食べた。

「そういう戦いなんだから、仕方ないでしょ。戦いには勝たなくちゃいけない。違う？」

そうだ、T井にもぐもぐ指摘されるまでもなく、答えは既に、私の中にあった。私は、ここまで準備してきた。そして、勝てるつもりでいた。O島の理想とする、女子の大会としては比較的筋肉に価値の置かれる大会で、私は、それなりの結果を残すつもりだった。それに、私はO島が好きだ。T井も好きだ。E藤も、まあ好きだ。自分を我が事のように叱咤激励してくれる人達を、失望させたくなかった。

T井と話し、いや、ガス抜きさせて貰い、私は気を持ち直した。私は、BB大会に出る。小手先以下でも、下手な演技でも、やらされている感でも、もう何でもいい。

しかしT井には感謝しなければならない。選手兼Nジムのトレーナーでもある T井は、他の選手の面倒も見ていたわけだが、私に対しては殊のほか気さくに接してくれた。もっともT井の気さくさと、私とT井が違うカテゴリーの選手だったことは、あながち無関係ではないだろう。二人が同時にカテゴリー・チャンピオンになり、オーバー・オールへの出場権を得たとなれば話は別だが、私とT井は、直接のライバルではない。事実、流石のT井も、同じカテゴリーの選手に対しては、大会当日が迫るにつれ、ちょっと構えた態度になるように感じた。それは、あるいは大人気なかったのかもしれないが、私からすれば、いかにも競技に対して人一倍真剣なT井らしいことだった。そういうT井の一面に気づいた時は、私は自分の身長が一五五センチで良かったと、目の前の空気に向かって手を合わせた。

表情筋のトレーニングだと割り切り、最後のレッスンではとにかく笑った。事後は頬がひくひく引きつり、逆に本番で支障が出そうだった。果たして、E藤は感激し、そのまま本番に臨めと言った。

「もっと、こう、歯を見せられる？」

歯を見せない笑みは俗にアジアン・スマイルと呼ばれるが、ステージでは御法度である。E藤の親指が私の口角を、ぐっと斜めに持ち上げた。こう、全部の歯を見せる勢いで、表情を作って欲しいの。E藤の指は、上品でありながら、存外子供のような体温だった。

翌日、私は近所の歯医者に行き、げん担ぎのように即席のホワイトニングをした。サンプルを持ち出され「新庄《しんじょう》・清原《きよはら》クラス」の二段階手前の色合いを選んだ。翌朝、起き抜けの白湯が歯に染み、ひとり飛び上がった。

大会当日は土曜だ。前日のリハーサルのために、私は有休の取得を上司に申し出た。有休の申請など、いったい何年ぶりだろう。興味津々の上司は、私を珍獣を見るように仰いだ。背後の同僚達も、こちらの様子を窺っている。こうした好奇の視線は、見てくれというものの持つ威力を、私に否応なく知らしめるものだった。

そう、あの肌に優しい洗剤のように中性気味だったU野さんが、こつこつと身体を絞り、美容にも力を注ぎ、何やら突然立ち振る舞いがバレリーナのようになった時、周囲の態度は一変した。誰も彼も、私への接し方が丁寧になった。私の意見に耳が傾けられるようになった。押しつけられていた雑務がなくなった。幸か不幸か、優れた見てくれには、途轍《とてつ》もない力がある。無言のままに、これほどまで雄弁であり得る。

人間は、とりもなおさず優れた見てくれを愛するものだ。異論は大いにあるだろうが、良い悪いを超えたところで、それは確実に人の世に存在する。きっとボディ・ビルダーは太古の昔から、そのことを知っていたのだろう。この有無を言わせぬ見てくれの力が、実は人間界最強と呼んでも過言ではないことを。なぜなら今、私は自分を最大瞬間風速的に最強だと感じる。今の見てくれあってこその全能感だった。

「所用って何?」

申請書から目を上げると、上司はソワソワと訊いた。え、それ訊いちゃう? 有休は有休、所用は所用だった。

「運転免許の更新です」

私は兵隊のように答えた。

「あっ、そう」

上司はどこかホッとしたように言うと、ぬけぬけと印鑑を取り出した。私は答えたばかりの唇を舐めた。

私は、もっとすごいことをするのだ。あんたらの想像できないことを、やってのけるのだ。一年がかりの大仕事だ。

上司の印鑑が押しつけられるのを、じっと見つめた。


大会当日は午前四時に起き、朝風呂の後に入念なストレッチに励んだ。女子の部は午前に予定されており、私の出場するカテゴリーは一番手だ。あと五時間余りで私はステージに立つことになる。

その日、私の皮膚は、ミイラを彷彿《ほうふつ》とさせる何とも言えない質感に仕上がっていた。しかし日焼けの効果もあるのか不健康な感じはせず、皮膚下の筋組織や血管や関節その他が、むしろ生命力そのもののように浮かび上がった。

きのう私は美容院に行き、全長六十センチのエクステをつけた。裸の腰を撫でる毛束にはくすぐったさを覚えたが、戦《いくさ》を前にさらなる武装をした気分だった。同様にハイビスカス色のネイルも施した。馬子にも衣装ではないが、平凡な爪も色づいてみると綺麗なもんだと感心する。

思いの外、十一月の東京は日の出が遅い。玄関の扉を閉めると、大荷物を抱えた私は、どこか夜逃げのように、たたたとマンションの階段を駆け下りた。自分しかいない始発の車両で、誰かの家に反射する朝日に目を細めた。

Nジムが陣取っているホテルの一室に着いたのは、それから半時間後だった。このホテルから会場までは、徒歩一分の距離だ。昨日も来た部屋番号のドアを開けると、遠方の選手は同じホテルに前泊していたこともあり、中は既に早朝とは思えぬ賑わい振りだった。隣の宿泊客は「朝っぱらから何の宴《うたげ》だ！」と訝《いぶか》ったことだろう。トップバッターの私は、入るなりビキニに着替え、寒々とガウンを羽織ると、そのまま化粧台に導かれた。

メイクを担当するのは、E藤が懇意にしているメイクアップアーティストだ。大きな鏡の前にはカラフルなパレットが何枚も広げられていた。あれよあれよと事は進み、二十分もすると私は別人と化した。もはや家族と擦れ違ってもそうとはわかるまい。

「目とかこすっちゃ駄目だよ」

私の顔を終えると、メイクアップアーティストは次の顔に取り掛かった。時刻は午前七時を過ぎた。私はダウンコートを羽織って部屋を出ると、ロビーのベンチに座り、ボストンバッグから四次元ポケットのように次々と食べ物を取り出した。炭水化物を主とする当日のカーボ・アップだ。長かった減量に、とうとう終止符が打たれる。

タッパーの中には、好物の親子丼が詰め込まれていた。ホテルの電子レンジで温める間、私は手始めに立ったままコンビニの肉まんを喰った。若干冷えていたが、それでも涙が出るほど美味い。T井のアドバイス通り、よくよく噛んでから飲み込む。瞬時に食べ終え、湯気の立つ親子丼の前でせっかちに箸を割る。ほとんど半年ぶりの白米。インスタントの味噌汁《みそしる》も唸らずには完食できなかった。が、一口ごとに感激する一方、本番まで残り二時間だと気持ちは上ずり、半分は上の空だった。

会場入りしたのは、午前八時前だった。

午前八時半から開会式があったが、タイムテーブル的に私は参加しなかった。開会式への参加は任意だから、他の選手達も多くはそうだっただろう。当日掲示された参加者リストを見ると「二十代・身長一五七センチ以下」には、五十二人がエントリーしていた。私はピックアップ審査の「グループ・２」に振り分けられていた。

ＢＢ大会では、同じカテゴリーの参加者が十二人を超えると、ピックアップ審査なる予選が行われる。今回の「二十代・身長一五七センチ以下」の場合、ピックアップ審査は五回行われ、それぞれで上位二位に喰い込めば決勝進出となる。受付を終え控室に入ると、中には既に五人の選手がいた。三人が更衣室の前で順番待ちをしている。エイヤと膝下まであるコートを脱ぐと、私は既にビキニ姿だった。なるほど、Ｎジムが徒歩圏内にあるホテルの一室を押さえたのは、確かに理に適っており、長年の経験が活《い》かされていると言えた。例えばこの格好で公共交通機関を利用し、万が一ダウンの中がギラギラビキニであることが発覚したら、ちょっと通報ものだった。

素早く歯磨きし、トレーニング・チューブその他のパンプ・アップ道具を用意すると、つと下腹からメッセージがあり、久々の快便だった。空港のような会場の広いトイレに感じ入りながら、ここ三か月は便秘と共に生きていたことを思い出す。便秘が恒常化した時、人は便秘であることを忘れる。

文字通りすっきりしたところでいの一番に舞台裏に乗り込むと、埃《ほこり》っぽい暗がりの中、ベルトパーテーションで区切られた「グループ・2」のエリアに入った。床には選手一人につき二畳程度のスペースが、黄色いテープで示されている。壁際の隅に陣取ると、早速チューブを膝上に巻き、ひっそりと自重のスクワットを始めた。

屹立《きつりつ》する衝立《ついたて》の向こう側は、開会式の真っ最中だ。君が代の終盤が観客席の高い天井に響く。司会がBB協会の理事を紹介し、理事長の挨拶に入った。挨拶が済むと拍手が起こり、その意外な手の平の多さに、私はいっとき面喰らった。

開会式の白い賑わいと対照をなすように、舞台裏は暗く密やかだ。拍手に多少怯《ひる》みはしたが、そうした舞台裏の静けさは、私を殊のほか集中させた。床に塗られた艶々としたワックスが、鼻腔《びこう》の中を香ばしくする。開会式の進行のため、舞台裏では絶えず人が行き来するが、隅にいる私に用があるわけでもなく、むしろ対岸の出来事という感じだった。そんな忙しない関係者にしても、舞台裏の振る舞いらしく、足音が響かないように動き、基本的に喋らず、喋ったとしても囁《ささや》き声《ごえ》だった。

本番前のパンプ・アップで、限界に達してはいけないことを思い出す。ポージングで想像以上に体力を消耗するからだ。ところが、私は何やらハイになり、このまま永久機関のように、ずっと同じ動作を繰り返したい気がした。やはり筋トレは空腹でやるよりも、満腹でやるほうが断然たのしい。それでもスクワットは百回で切り上げた。続けて股関節をストレッチし、マットを床に敷くと、今度は腹筋《クランチ》の体勢になった。邪魔な髪束は腹の上に流した。時刻は午前九時だ。今のところ舞台裏に来た選手は、私一人だった。

えらい高いところにある天井を見上げ、落ちてきそうな照明に怯《おび》えながら、私は床から脚を持ち上げると、膝を直角に折った。グループ・2のエリアに初めて私以外の人が来たのは、そうしてクランチが五十回を超えた時だった。その選手は私から対角の位置にある、やはり隅の区画を選んだ。足裏でチューブを踏むと、密やかにアーム・カールを始めた。

その選手を皮切りに、続々と関係者が集まり出した。グループ・2の人口密度はたちまち増し、今や大会の重心は、向こう側の開会式からこの舞台裏になりつつあった。それでも開会式の邪魔にならぬよう、誰もが忍者のように振る舞うのだが、いよいよ本番を前にした者の息遣いと緊張と目配せは、ある種の圧力を持ち、否応なく舞台裏の空気を濃くした。あちこちからギュッギュッというチューブの音や、一定の反復で踏ん張る鼻息や、囁き声の情報伝達が聞こえてきた。競技開始まで、あと三十分。最初はグループ・1だから、グループ・2の開始までは、あと四十分強だろうか。

使った腹を伸ばすと、今度は腕立て伏せの体勢になった。本当は懸垂をやりたいが、舞台裏では無理だ。

腕立て伏せの間、私の胸には奇妙な感慨が芽生えた。多幸感とでも言おうか、私は、自分は幸せだと感じたのだ。気の済むまで、誰にも邪魔されず、自分の身体を鍛えられること。それだけの時間と、金と、環境と、平和と、健康な身体が、私の手中にはあること。つまり、私は例えようもなく自由だということ。この瞬間がどこまでも続けば、私は何も言うことはない。筋トレ中にこうした多幸感が湧き上がることは、これまでにも何度かあった。何やら突然の悟りというか、天からの啓示のように、私は今の状況を、掛け替えのないものだと感じるのだ。

舞台裏で一人、黙々と腕立て伏せすること。

これ以上、いったい私が何を望むだろう。


名前を呼ばれ、はっと顔を上げると、サポートのY内がいた。

ボディ・ビルは個人競技だが、他のスポーツと同様、なかなか一人ではできない。大会当日の選手にはしばしばサポートと呼ばれる世話係がつく。一般にサポートはパンプ・アップやストレッチの補助をしたり、ボディ・オイルを塗ったり、緊張を解《ほぐ》したり、本番前の選手を何かと助けてくれる存在だ。有名選手でもなければ、サポートは涙ぐましい無償のボランティアで、競技に理解のある友人等が買って出る。

「昨日に続き、ありがとうございます」

「いえいえ、頑張ってねっ」

無論、そんな友人などいない私は、Nジムの伝手《つて》で、Y内をあてがって貰った。

やはりY内も昔は選手だった人で、十年前に引退したものの、こうして競技に関わっているという。そして例によりO島の大ファンだった。

当のO島は、目下理事として開会式に出ており、正に衝立の向こうにいると思われた。審査員ではないが、競技中はＶＩＰ席で観戦するという。受付の時「U野っ」と、私の肩を叩き、何を言うでもなく笑い、そのまま歩みを止めることなく会場に消えたO島は、珍しくスーツ姿だった。いっぽうE藤は直前までホテルの一室におり、選手達の最終チェックに余念がないと思われた。

私はY内とパンプ・アップの仕上げに入った。私の肩にY内がのしかかり、もう一度スクワットした。同じ要領で背筋をやり、サイド・レイズをやり、そのほか三種目をこなすと、とうとう私は、若干肩で息をしながら、ハイヒールに足を入れた。これほど鍛えていなければ、シンデレラのラストシーンを彷彿とさせたかもしれない。

「U野ちゃん、結構いいとこまで行くんじゃない？　すごいパリッとしてるよ」

せっせと私の背にボディ・オイルを塗りながら、Y内は小声で私を鼓舞した。

どうでしょう、緊張するなあ……私の上ずった掠《かす》れ声《ごえ》には、かなり緊迫感があった。一方、刻々と緊張が高まる中、こちらに向けられる選手達の視線に、私も気づかないわけにはいかなかった。自分の仕上がりに熱い関心が寄せられているのがわかる。中には違う状況だったら「見世物じゃねえぞっ」とメンチを切りかねない露骨な凝視もあったが、生憎《あいにく》、今の私はザ・見世物だった。もっとも、そうした視線に気づいてしまうのは、私自身が、周囲の仕上がりに興味津々だったからだ。何しろ初めて対峙《たいじ》するライバル達である。たぶん私の視線が最も露骨だった。

一口に選手と言えど、全員が必見の身体つきをしているわけではなかった。見渡すと、当日までに絞り切れなかった、というか、そもそも絞る気があったのかという選手。BB大会の趣旨を理解しているのか、肌の生《なま》っ白《ちろ》い選手。規定違反は覚悟の上か、アクセサリー過剰の選手。後日 YouTube にアップするのか、選手というよりレポーター風の選手。いったい全体、ここは社会の縮図か。グループ・2に限らず、そう広くもない舞台裏は、必要以上に選手の多様性に溢《あふ》れ、それはそれで見応えがあった。もはやBB大会に特化した選手養成所とも言えるNジム育ちの私としては、今更ながらに、世の中には色々な選手がいるのだと知った。

しかしながら、黒光りする鍛え抜いた選手達も、あちらこちらに散見された。この場に母がいたら卒倒するに違いない。グループ・2には、二人、そうしたファイナリスト風の選手がいた。この舞台裏に、私は自らの順位を「三位」と見た。過度の緊張に過度の不安が上塗りされる。私は、突破できるだろうか。しかも私より下と見なした選手達も、もしかしたらウォーキングやポージングが突出しているのかもしれず、やはり勝負の行方はステージに立つまでわからない。

「ほら、思い詰めた顔しないで」

グループ・1のピックアップ審査が終わり、いざ出陣という間際、Y内は私の前髪をちょいちょいと直すと、バンッ、と、遠慮なしに両肩を叩いた。

「わたし、アピールとか下手だから……」

「なに言ってんの、自信持ちなっ」

私の選手番号は、14番だった。ステージ入りする隊列の、前から三番目だ。

それでは、グループ・2のピックアップ審査に入ります。

MCの進行を合図に、私は舞台の人となった。

ピックアップ審査の結果は、グループ・5の審査が終わった十五分後に、控室に貼り出された。

私は、三位だった。

「まあグループ・2はレベル高かったからね」

誰かが私ではないグループ・2の選手を労った。

三位か。

目を伏せると、私はその場から離れた。皮肉にも舞台裏の予想が大的中した。一位の15番、二位の17番も、私の見立て通りだった。

荷物の前に戻ると、ビキニから「14番」のプレートを外した。もう私の出番は終わったのだ。「二十代・身長一五七センチ以下」の決勝は、一時間後に始まる。敗退が決まった以上、私は潔く観客側に回るつもりだった。悔しいが、悔しさのために観戦しないほうが、もっと悔しくなると思われた。

それでも、私は何とか結果を受け入れることができた。15番は、舞台裏の暗がりで見ても、文句なしの仕上がりだった。特に均整に優れ、細かい筋肉まで入念に鍛え上げられていた。二十代のカテゴリーでは、自ずと競技歴の浅い選手が集まるため、あそこまで細かく造形してくる選手は少ない。誰が見ても15番の身体は頭一つ抜けていた。

かたや、二位の17番は、15番のような熟練味はなかったが、わかりやすいバルク勝ちだった。私はコールされ、17番の隣に並んだが、横に目を向けずともその筋量が覇気として伝わってきた。私も必死だったが、審査員だったら間違いなく17番を推すだろう。

あの時の心地は、早くも別の人生のように遠ざかり、もはやほとんど実感が持てない。数多の視線とレンズとジャッジに晒され、もう何が何だかわからなかった。前方にずらっと並ぶ審査員の、何を考え、何を見ているのか知れない視線に、ただただ気後れを感じた。それでも馬のように歯を見せて笑い、自分の身体を猛アピールした。O島のいるＶＩＰ席の様子などは、その場所すら確認する余裕がなかった。そして、今となっては、そういう舞台に自分が立ったことの唯一の証のように、まだちょっと目がチカチカする。

私は長いこと目を閉じると、そのチカチカを追い払おうとした。あわよくば、あの負けたステージから見えた一部始終も、ぜんぶ頭から追い払ってしまいたい。目を開けてもチカチカは治《おさ》まらなかった。

やっぱり、勝ちたかったなあ。

私は蛍光灯を見上げ、正面に向き直り、そのまましばらくじっとした。そうして何度目かに自分を納得させると、着替えを用意し、控室の隅にある更衣室に入った。突っ張り棒のカーテンを閉ざし、割と着脱が難しい競技用ビキニの紐に指を絡ませた、その時である。

「14番の方っ、14番の方はいらっしゃいますかっ？」

大会のスタッフが、カーテン越しに声を轟《とどろ》かせた。

私が自分の選手番号を思い出す前に「14番の人、いま着替え中ですよ」と、誰かが答えた。私は尻が半分出た状態だったが、スタッフの様子に何やら緊迫したものを覚え、カーテンから顔だけ出すと「あ、14番です」と返事した。

何と、一位の15番が、ドーピングで失格になりかかっていた。

別室に移動しながら、スタッフは早口に事情を説明した。曰く、通常ドーピング検査は選手十人に一人の割合で抜き打ちの尿検査を実施する。対象になった場合は受付時に知らされる。検体は競技開始前に二本採取し、一本は検査機関に送られ、結果は後日判明する。もう一本は会場で簡易検査を実施し、三十分程で速報値が出る。速報値はピックアップ審査の前に出揃うのが通常の流れだ。今回も以上の流れに狂いはなく、速報値で陽性の選手はいなかった。

ところが、15番に追加検査を要求した者がいるという。

「追加検査？」

「ええ、大会のルール上、誰とは言えませんが、そういう声がありました。ピックアップ審査の後に」

スタッフはきびきびと答えた。話を聞くと、こうした名指しの追加検査要求は、それほど珍しくないらしい。程度の差こそあれ、ボディ・ビルの選手は誰もが真剣だ。とりわけBB大会は不正にたいへん厳しい。

私は、ぽかんとスタッフを見返した。基本的なドーピング検査の流れは、私もよく心得ていた。が、そんな裏事情は露も知らなかった。

15番が検査を要求されたのは、グループ・2のピックアップ審査が終わった直後だ。私が怒濤《どとう》の初陣を終え、控室で放心していた頃である。本番のステージもさることながら、本番直後の控室も、ちょっとした非日常空間だった。同じ場所に、無事にステージを終えた解放と、私のような放心と、とりあえず自撮りする冷静さとが、渾然一体となった。15番も同じ控室にいたはずだが、人知れず協会に呼び出されていたらしい。ぜんぜん気づかなかった。

私達は、15番の速報値を待った。しかし、ドーピングの疑いが持ち上がると、15番はあっさりとYYGなるステロイドの使用を認めたという。

「YYGはね、去年までは、うちの大会でもOKだったのよ」

スタッフは流石に残念そうに嘆息した。

「今年から禁止になったの。15番の方、それを知らなかったんでしょうね」

筋肉にステロイドというと一意的に悪とされがちだが、それでもなおボディ・ビルとステロイドは切っても切れない関係にある。BB協会は厳格なほうだが、その使用を黙認している団体は国内外に多い。

これは後日知ったことだが、YYGは比較的よく使用される「ライトな」筋肉増強剤だった。販売元はアメリカの某メーカーだが、今は個人でも簡単に取り寄せることができる。さらに15番はBB大会に限らず、フィットネス系の大会に縦横無尽に挑戦するタイプの選手だった。だからBB大会の規定に細心の注意を払っていたわけではなく、同時に同大会に然《さ》したる拘りもなかった。あっさり使用を認めたのは、そういうことだろう。

「追加検査を要求した人は、よくわかりましたね」

状況についていけぬままに、私は平凡な感想を述べた。

「見る人が見れば、わかるのよ」

自身も「見る人」であろうスタッフは、確かに15番の筋肉は「ちょっと水っぽかった」と言った。BB大会において価値のある「ナチュラルな」または「クリーンな」筋肉は、どちらかというと「ドライな」質感だという。

その時、部屋のドアが開いた。別のスタッフと、15番その人が、部屋に入ってきた。

15番は、陽性だった。

速報値の確認が取れると、15番はいろいろ署名する必要があるらしく、立ったままテーブルの隅でボールペンを走らせた。同伴のスタッフが都度サイン済みの書面を回収したり、新しいのを差し出したり、説明を加えたりした。15番は不貞腐《ふてくさ》れていないばかりか、非常に協力的な態度だった。

そうして書類作業は、三分程で終わった。ボールペンを置くと「どうも、お手数をお掛けしました」と、15番はスタッフ一同に深く一礼した。その一礼の相手には私も含まれていたのだろう。スタッフは「いえいえ、また次の機会にチャレンジして下さいね」と、15番を送り出した。15番はそのまま私の視界から消えた。

そして、今度は私の番だった。私は決勝に出場する選手の控室を教えられ、すぐに移動するよう指示された。よかったですね、決勝出場ですよっ。スタッフは私の肩を外す勢いで揺らした。それにしても着替えちゃう前でよかったわ。

「でも、15番の人、いい身体してましたね」

「まあね。YGなしでも勝てただろうに」

繰り上げになった実感が湧かぬまま、私は元の控室に戻った。結果発表の掲示を修正するためか、スタッフは赤の油性マジックを探しに行った。

既に控室には誰もおらず、私の荷物が散らかっているだけだった。決勝まで、あと四十分。私は急いで荷物をまとめた。しかし、そのせかせかした動作は、どこか散漫だったかもしれない。

私の頭の中には、15番がいた。15番の、あの均整の取れた立ち姿があった。それは見本のような身体だった。いつまでもいつまでも見ていられた。そして自分の鍛え方の足りない部分が、自ずと胸に思い起こされた。

当初、私の目はスタッフの言う「水っぽさ」を確かめるために、15番に向けられたはずだ。しかし、それを見た瞬間に、そんなことはどうでもいいと思った。なるほど、言われてみればというレベルで、それは水っぽかったかもしれない。が、15番の身体は、それ以上に完成度が高かった。決勝に進出していればカテゴリー・チャンピオンになっていたかもしれない。

ファイナリストになった感激の代わりに、私の胸には、言いようのない違和感が込み上げた。15番と私なら、雲泥の差で私の完敗だ。だが、決勝に進むのは私だ。私の身体に、軍配が上がったのだ。そうか、去年だったら、この逆転劇はなかったわけだ。だったらこれは一体、どういうことだろう。

私は急がなければならなかったが、だらしなく手を止めたまま、気がついたら五分あまり、目の前の空気を見つめていた。

二十分後、私はY内と再びパンプ・アップの終盤にあった。Y内は私が繰り上げになったことにはいっさい触れず「おめでとう」の一言も言わなかった。私がそういうタイプの選手だと見抜いていたのだろう。

最初は、そんなことをするつもりはなかった。しかし、それはある種の必然だったのかもしれない。私は、心のどこかでは常に、そんなことを考えていたのではなかったか。

「U野ちゃん、表情が硬いよ。緊張しないで、自分らしくやりな」

Y内はピックアップ審査の時よりさらに強く、私の肩をバシンッと叩いた。もしや、直前にそんなことを言われたからか。

女性は大変ですね。

こんな時に、あの発言を思い出す。あの悲痛そうな、同僚の顔が甦る。あたかも私が全治三年の大怪我《おおけが》を負ったかのような「あちゃあ」という表情。あの同僚は、優しかったのだろう。しかし、私は非情この上ないと感じた。

事は、その特定の発言に限った話ではなかった。今までの人生で行き合った、誰が悪いのではない、こうした追及先不明の違和感は、私の中で燻《くすぶ》り続けた。どう処理すればいいかわからず、やがて、これという処理方法はないのだと、本能的に悟った。

　そうして私に残ったのは、シンプルであり、そのため具体性に欠け、それでいて切実っぽい、一つの望みだった。曰く、ああ、別の生き物になりたい。私は思春期のように、そんな望みを抱くアラサーとなった。その意気込みは「宝くじ当たらないかなあ」よりは、若干強い程度だったとしても。

　別の生き物になりたい。誰に傷つけられるでもなく、誰に同情されるでもない、今とは違う超然とした生き物になりたい。そうだ、そんな衝動が、二年前にGジムの門を叩かせたのではなかったか。しかし、そんなことをいま思い出してどうする。

　十人のファイナリスト達が、舞台裏に整列した。

「それでは、最終審査に入ります」

　別の生き物になりたい。

　こんな時も、まだ私はそんなことを考えている。

スタッフが合図すると、先頭の選手が動き出した。私は脚をぶんぶん振って、ハイヒールを脇へ脱ぎ捨てると、床の冷たさを感じながら、それに続いた。ペタペタと歩きながら、ついでにピアスも外した。驚いたのか、後ろの選手がつと立ち止まった。しかしすぐに気を取り直すと後に続いた。その選手が少し噴き出すのが聞こえた。

胸の中で、O島とT井に謝った。私は、ただでさえ小粒揃いの選手の中、さらに頭半分低い位置から、すり鉢状の黒い観客席を仰いだ。ステージ特有の熱い光量を、しんと真顔のまま受け止めた。ピックアップ審査の時のような酩酊感《めいていかん》はなく、むしろ五感がまざまざと冴《さ》えて、観客の誰かが座り直す音まで聞こえた。ポーズも自分の思うままにやり切った。それが正解だったのか否か。答えは花弁ならぬ岩石のように固められた拳の中にあり、簡単には見えない。

「U野さん」

振り返ると、E藤がいた。

「決勝は、楽しかった?」

戦いを終えた私は、会場を後にしたところだった。閉会式の後には打ち上げが予定されていたが、私に参加する資格はない。

「引き留めないわよ。いつでも戻ってくればいいから」

ここに来て、E藤は聖母のようだった。その時、私は一杯一杯で気づかなかったが、E藤は珍しく肩で息をしていた。私を追いかけて来たのだった。

「勘違いして欲しくないから言わせて貰うけど、わたし、あなたのことを、ちっとも残念とは思わないのよ。いいステージだったわ」

横を向いたE藤は、そのまま何があるでもない秋の乾いた空気を見つめた。終ぞ、その口から語られることはなかったが、E藤にも数々の勝ったステージと、負けたステージがあるに違いなかった。そんな戦歴の末に私のステージは一体どう見えただろう。E藤その人にとって「いいステージ」とは何だろう。E藤の顔はそのまま会場に戻る方向に向けられた。

その後、最初に目についた美容院に入り、思うさま髪を切り、久々に耳許の涼しさを味わいながら、私は、たくさん泣いたのだった。

美容院を出ると、バリカンを当てられたばかりの項《うなじ》が、夕暮れの外気にヒリヒリとした。

「まあ、そういう選択も、イマっぽいのかしら」

でも、そうでもないのかもね。Nちゃんも、現役時代は、そういうタイプだったから。だから私が必要だったの。これは内緒よ。

Nジムを退会した私は、人知れずGジムに出戻った。

あっという間に三週間が過ぎた。

GジムでS子を見かけた時は、一方的に同窓会のような気持ちになった。そして久々にS子のインスタを覗いた私は、ちょっと驚くことになる。まず、S子は先のPP大会で念願のカテゴリー・グランプリに輝いていた。いや、おめでとう。ところが、その一週間後に、何とそのグランプリを返上していた。

ストーカーのように調べると、S子の「ズルさ」が問題となったことがわかった。S子はPP大会の基準をパーフェクトにクリアすべく、筋トレ以外にも様々なことを実践していた。例えば美肌を獲得すること。問題となったのは、S子は美「ホワイト・スペシャル」なる特殊なレーザーを使用していたからだ。

容外科クリニックに勤めているため、通常であれば一回三十万円の「ホワイト・スペシャル」を、無料で何回も利用できる立場だった。同様にS子は脂肪吸引や脂肪冷却や糸リフトやヒアルロン酸やウルセラやサーマクールやボトックスその他も、定期的に行っていた。

そうしたS子の大会準備を「ズルい」とする声は多く、グランプリ獲得後、S子のインスタが荒らされる事態となった。さんざん叩かれた挙句、S子は「主催者側と話し合い」グランプリの称号を返上するに至った。

いや、全く。私は何とも言えない気持ちになった。いやはや、世の中には決まり事が多すぎる。同じ美肌を獲得するにしても「誰もが実践できる小まめなスキンケア」は許され、S子のようなバカ高いレーザーは許されないのだった。BB大会にしろPP大会にしろ、やっぱり、私達は同じ穴の貉だ。私達はよくわからん審査基準に一喜一憂する、誠に忙しない貉だ。

その日は年内最後の営業日だった。Nジムで鍛えられた私は、バーベルに引っ掛けるプレートの重量が、隣のタンクトップ達と変わらないほどになっていた。

ひいひいバーベル・スクワットを終えると、九十キロのバーベルを、パワー・

ラックに振り絞るように戻した。腰に巻いたレザー・ベルトを緩めながら、来年は百キロを持ち上げようと、人知れずジムの天井に誓う。

次の種目を求め振り返ると、運命のようにスミス・マシンが空いていた。いそいそと駆け寄り、無事に陣取る。トレーニング・ベンチの位置を調整すると、入念に肩と肘をストレッチした。ベンチ・プレスをするつもりだった。

両の手の平に、金属の冷気を感じる。まずはプレートをつけずにウォーム・アップする。上腕に徐々に血が集まり始める。

スミスのシャー、シャー、というレールの手応えは、そのまま私の人生に対する手応えだった。そして私の生きる実感に対する唸り声だった。ふと、Gジムのスミスには慣性の力が大きく、Nジムのスミスとは全く別物であることに気づく。バーベルを勢い良く持ち上げた時、レールの余力により、バーベルが手から離れる一瞬があるのだ。ちょうど赤ちゃんを高い高いした時のような、掛け替えのないものが、いっとき自分の手から離れる感じだ。一方、Nジムのスミスに、そういう動きはなかった。あのスミスは私にピタリと寄り添った。あたかも私の身体の一部のように。そんなことが、いまさら懐かしい。

しかし、そうしてNジムのスミスが恋しくなったのも、ほんの三秒程度だった。それぞれに個性はあるものの、このトレーニング・マシンは、決して私の前からいなくなりはしない。求め続ける限り、スミスは必ず私の目の前にある。限界の重量で取り組んでいたとき、ちらと鏡にS子が映った。S子が、こちらの様子を窺っている。私は、その目の色を知っていた。

十回を終え、息をつきながら上体を起こした。ちょっと考え、鏡に映る、別のマシンを物色し始めたS子を振り返った。

「あの、使いますか？」

S子は、はっと振り返った。

「え、いいんですか？」

「ちょうど終わったので」

笑顔で礼を述べるS子は、存外ケロっとしたものだった。グランプリを返上、いや、事実上剝奪されたことなど、まるで気にも留めていない様子だ。無論、本当に気に留めていないのか、あくまで表向きの態度なのかは、神のみぞ知るところだろう。私は、そこに突っ込むつもりは毛頭なかった。どちらにしろS子が夕フだということには変わらないからだ。

スミスをS子に明け渡すと、次は何をしようかと、私ははたと立ち止まった。この時、私とS子は初めて言葉を交わしたのだったが、私もS子も、そんなことには気づかなかった。

そうだ、そんなことは、どうでもいい。私達の前には、鍛えるべき身体がある。鍛えるための器具がある。そして、頭の中には、自分で決めた、完全無欠の理想の身体がある。他のことに、構っている暇はないのだ。

懸垂をしようと決めると、私は水筒の水を飲み、懸垂のできるパワー・ラックへ向かった。

なあ、S子。きっと、貴方《あなた》や私にとり、ステージというやつは、自分で演出するものなのだろう。

解説——笑顔から複雑に離れて

山崎　ナオコーラ

ものすごく面白かった。最後のページまできて、血が沸騰しました。私は本をドッグイヤーだらけにして、あちらこちらに線を引いて読みました。過不足ない描写の中に、時折バシッとダイヤモンドみたいな決めのフレーズが出てきて痺《しび》れました。みなさんもそうなんじゃないですか？　もう、この解説読まないで、自分の血の沸騰の音に集中して、読後の感覚を楽しんだほうがいいですよ。

とはいえ、私としては、解説の続きを書きます。まず、私が線を引いたのはこんなところでした。

「女性がジム通いする理由は、ダイエットや美容のためが大半だ。そこに筋肉をつけたい、力が欲しい、強くなりたいという理由は、意外なほど見当たらなかった」

「それまでの『ボディ・ビル』が『フィジーク』に変更されたのだ。その理由は『女性のボディ・ビルには、女性らしさも必要だから』」

この『我が友、スミス』の読者の中には、ボディ・ビルの大会に出場する人や、筋トレしている人もたくさんいるだろうと思います。でも、筋肉に無縁な人も結構多いのではないでしょうか？　私もそうです。私は身体《からだ》を鍛えたことが一度もなく、普段は自分の筋肉についてほとんど考えません。でも、筋肉をつけたいU野の気持ちがビリビリ伝わってきて、「わかる！」となってしまいました。「力強くなりたい」。この小説に書かれていることが、まるで自分の身体にまつわる文章のように、自分の仕事や生活に関わる描写がされているように感じられるんです。

「女性のボディ・ビルには、女性らしさも必要だから」という固定観念を表すフレーズに触れた時は、「女性の作家には、女性らしさも必要だから」と作家という言葉に置き換えるフレーズが、ふっと頭に浮かんできました。おそらく、多くの読者が、「ボディ・ビル」を、ご自身の仕事や趣味などに関する言葉に置き換えて、ビリビリと感じたのではないでしょうか。

私は作者の石田夏穂さんと同じように、執筆の仕事をしています。「作家」という職業に就いたつもりだったのですが、どうも「女性作家」っていう職業だと誤解されているのかな？　と感じることがよくありました。「女性として男性に言いたいことを書いてくださいね」と言われるなどです。私は、男性に言いたいことなど全くありません。それで、プロフィールに「性別非公表」と入れるようになりました。ただ、「女性作家」扱いをしてくる人は、大概、善意の人なんです。「僕は女性を理解したいですから」みたいな……。そう「女性は大変ですね」とU野に向かって言ってくる会社の同僚たちのように。

この文庫の出版の時点での、石田さんの単行本最新刊は、二〇二三年七月刊行の『我が手の太陽』です。溶接工が主人公です。主人公の伊東の性別描写はほとんどありませんが、おそらく男性なのではないか、と感じられます。ただ、骨太の職人小説です。これは石田さんのチャレンジなのだろうと思いました。ただ、チャレンジでもあるけれど、得意分野でもあるのではないでしょうか。

私は石田さんの性別を知りません。また、お会いしたことがないので為人《ひととなり》のようなものも知りません。会社でお勤めをしながら執筆をされているのかもしれなくて、その会社がどのようなものなのか、また、「作家」という仕事を石田さんがどのように捉えていらっしゃるのかも知りません。

ただ、硬い物語構築、仕事への複雑な思い、といったものは石田さんの得意なことなのだろう、また、失礼かもしれませんが、伊東は意外と、石田さんに似ていらっしゃるのではないか、という気もします。

『我が友、スミス』の読者は、「女性」という切り口でもっと読みたいと思っていると思います。

そういう、性別で小説を読もうとするその読者たちの世界に対して、石田さんは何らかのチャレンジをしたいんじゃないか、と私は想像するのです。

自分の話をまたして恐縮ですが、私が新人作家だった頃、インタビューなどで「なぜ男性主人公にするんですか？」「女性を苗字呼《みようじよ》びする理由は？　また、いかつい苗字のヒロインが多い理由は？」「山崎さん自身の姿はこのヒロイン側に投影されているんですよね？　それで、相手の男性に言いたいことがあるんですよね？」といった質問を度々受けました。私がデビューしたのは二十年も前なので、今は状況が変わっているとは思います（あるいは、変わっていることを願っています）。でも、似たような視線は、まだまだ世にあるのではないでしょうか。石田さんが、チャレンジを次々としていって、こういう視点や疑問から解き放たれて、新しい文学の流れが生まれていったらいいな、と思います。

もう一つついでに自分の話をしてしまいますが、私は昔、ルッキズム小説に挑んだことがあるんです。デビュー時にネットで自分の容姿への誹謗中傷《ひぼうちゅうしょう》が相次ぎまして、考えたんです。当時はまだルッキズムという言葉はありませんでしたが、男性を主人公にして執筆しました。ボツになりました。自分としても、あまりうまく書けなかったのでボツには納得しており、今もまだ、容姿がテーマの小説は仕上がっていません。

おそらく編集さんや世間は、「周りに何と言われようが、私は私が好き。自分の顔に自信がある。女性が不屈の精神で立ち上がる、反ルッキズム小説」を期待しているんだろうな、と思います。でも、私としては、男性主人公で模索したように、そんな安易な話は書きたくなかったんです。

石田さんは、人事部の小野が「顔の黄金比」で採用を決めていく『黄金比の縁』や、太ももの太さから生きにくさを覚えたS木が脂肪吸引にはまっていく

「その周囲、五十八センチ」(『ケチる貴方《あなた》』)といった作品でも、ルッキズムに触れています。この『我が友、スミス』も、「ルッキズム小説」と呼べるかもしれません。ボディ・ビルは、他人から見える姿がどうなのか、ということですから。石田さんは、ルッキズムについて深く考える作家なのだと思います。

作中に、

「身体は一番正直な他人だ」

という、やはりダイヤモンドのようにかっこいい一文があります。自分の身体と向き合い、鍛え、それが他者の目にどう映るか、探っていきます。

小説というものは他者がいないと成り立ちません。私が新人作家の頃には他者の視点が必要だということを編集さんなどから何度もアドバイスをされたものですが、石田さんには身体があります。

身体を意識することで、他者の視点が立ち上がり、小説が生まれているのです。石田さんは、見た目をかなり意識しています。だから、書かれているのは、単純な「反ルッキズム」ではないのです。

見た目というものの力強さをわかった上で、あれ?　なんだろうこれ?　という違和感、社会に漂う複雑なものを、文学にしているのです。

文章を書く人は見た目など気にせずに、心や考えを大事にしていると思われがちですが、そんなことはありません。ヴィジュアルの力にひれ伏しています。文章を発表すればするほど、ヴィジュアルパワーに圧倒されます。山の写真のとなりに文章が掲載されると、無関係の文章を書こうとも、必ず、山に引っ張られた読解をされます。作者の顔写真を添えれば、顔に繋《つな》がる読みしかされません。じゃあ、それに怒っているかというと、そうでもないのです。ヴィジュアルの力が強いという、この世界の中で、どう生きていくか、考えているのです。考えるのは面白いです。

U野は、ボディ・ビルの大会に向けて、ピアスの穴を開けたり、歯のホワイトニングをしたり、初めてハイヒールというものを履いたりします。しかし、笑顔を指導されるところで、とうとう爆発します。

U野が終盤で言うセリフ、

「でも、何と言うか、ハイヒールとか脱毛とか日焼けとかは、わかるんです。ハイヒールを履いたほうが、脚が長く見える。脱毛をしたほうが、カットがクッキリ見える。日焼けをしたほうが、全身が締まって見える。だけど、笑顔を作るとかいちいち優雅なポーズをするとかデカいアクセサリーをつけるとか歌舞伎役者みたいに化粧をするとか、そういうのは、何と言うか、筋肉とは関係ないですよね？」

に、わわわっと興奮した読者は多いでしょう。

私もです。私も長年「笑顔」というものに苦しんできました。笑顔を作れという圧は、ボディ・ビル界隈《かいわい》に限らず、他の仕事や趣味や生活にも溢《あふ》れています。笑顔が良いものだというのはわかるのですが、全員に強制する感じ、性別で圧を変えられる感じ、どうしても馴染《なじ》めません。笑顔に悩まされているのは、U野や私だけでなく、あなたもきっとそうでしょう。

笑顔を悪いものだと捉えているわけではありません。でも、笑顔を無理やり作らされたくないです。だから、このセリフに強く共感します。だけれども、U野も私たちも、「真顔が評価される社会が生まれればいい」というような単純な願望を持っているわけでもないのです。世界は複雑です。複雑なまま、受け止めたいのです。

いろいろな物差しが掲げられる社会の中で、いろいろな野望を抱き、たくさんの考え事をしたいのです。

勝つことを目指すけれども、負けたっていいのです。

自分の理想の身体、他人から見た理想の身体、その狭間《はざま》で、悩み苦しみ、右往左往すること自体に価値を見出《みいだ》して、生きていきたいのです。

笑顔から離れて、真顔で生きていきたいですが、笑顔をよしとする社会を簡単に否定はしません。S子のような頑張り方もあると知ると、応援したいのです。『我が友、スミス』を読んで、この複雑な社会の中で生きていくのは、そんなに悪くないな、と明るい気持ちになれました。

（やまざき・なおこーら　作家／エッセイスト）

本書は、二〇二三年一月、集英社より刊行されました。

初出「すばる」二〇二一年十一月号
（第四十五回すばる文学賞佳作）

※本作品はフィクションであり、人物、事象、団体等を
事実として描写・表現したものではありません。

集英社文庫
すばる文学賞から生まれた本

コンジュジ

木崎みつ子

伝説のロック歌手への恋が、父からの性虐待に苦しむ少女せれなにとって唯一の希望だった。絶望を生きる少女の自らの救済を描く物語。

集英社文庫　目録（日本文学）

- 石田衣良　空は、今日も、青いか？
- 石田衣良他　恋のトビラ　好き、やっぱり好き。
- 石田衣良　答えはひとつじゃないけれど　石田衣良の人生相談室
- 石田衣良　逝《せい》年《ねん》
- 石田衣良　傷つきやすくなった世界で
- 石田衣良　REVERSE《リバース》
- 石田衣良　坂の下の湖
- 石田衣良　北斗　ある殺人者の回心
- 石田衣良　オネスティ
- 石田衣良　爽《そう》年《ねん》
- 石田夏穂　我が友、スミス
- 石田雄太　桑田真澄　ピッチャーズ　バイブル
- 石田雄太　イチローイズム
- 伊集院静　むかい風
- 伊集院静　機関車先生
- 伊集院静　宙ぶらん
- 伊集院静　いねむり先生
- 伊集院静　愚者よ、お前がいなくなって淋しくてたまらない
- 伊集院静　琥珀の夢　小説　鳥井信治郎(上)(下)
- 泉鏡花　高《こう》野《や》聖《ひじり》
- 泉ゆたか　雨あがり　お江戸縁切り帖
- 泉ゆたか　幼なじみ　お江戸縁切り帖
- 泉ゆたか　恋ごろも　お江戸縁切り帖
- 泉ゆたか　母子草　お江戸縁切り帖
- 伊勢﨑賢治　布施祐仁　文庫増補版　主権なき平和国家　地位協定の国際比較からみる日本の姿
- 一条ゆかり　実戦！恋愛倶楽部
- 一条ゆかり　正しい欲望のススメ
- 一田和樹　天才ハッカー安部響子と五分間の相棒
- 一田和樹　女子高生ハッカー鈴木沙穂梨と0.02ミリの冒険
- 一田和樹　内通と破滅と僕の恋人　珈琲店ブラックスノウのサイバー事件簿
- 一田和樹　原発サイバートラップ
- 一田和樹　天才ハッカー安部響子と2,048人の犯罪者たち
- 一田和樹　最新！世界の常識検定
- 五木寛之　こころ・と・からだ
- 五木寛之　雨の日には車をみがいて
- 五木寛之　不安の力
- 五木寛之　新版　生きるヒント1　自分を発見するための12のレッスン
- 五木寛之　新版　生きるヒント2　今日を生きるための12のレッスン
- 五木寛之　新版　生きるヒント3　癒しの力を得るための12のレッスン
- 五木寛之　新版　生きるヒント4　ほんとうの自分を探すための12のレッスン
- 五木寛之　新版　生きるヒント5　人生にときめくための12のレッスン
- 五木寛之　歌の旅びと　ぶらり歌旅、お国旅　東日本・北陸編
- 五木寛之　歌の旅びと　ぶらり歌旅、お国旅　西日本・沖縄編
- 伊東乾　さよなら、サイレント・ネイビー　地下鉄に乗った同級生
- 伊藤左千夫　野菊の墓
- 伊東潤　真実の航跡
- いとうせいこう　鼻に挟み撃ち
- いとうせいこう　小説禁止令に賛同する

集英社文庫　目録（日本文学）

集英社文庫　目録（日本文学）

集英社文庫　目録（日本文学）

江川　晴　企業病棟
江國香織　都の子
江國香織　なつのひかり
江國香織　いくつもの週末
江國香織　薔薇《ばら》の木 枇杷《びわ》の木 檸檬《れもん》の木
江國香織　ホテル カクタス
江國香織　モンテロッソのピンクの壁
江國香織　泳ぐのに、安全でも適切でもありません
江國香織　とるにたらないものもの
江國香織　日のあたる白い壁
江國香織　すきまのおともだちたち
江國香織　左岸(上)(下)
江國香織　抱擁、あるいはライスには塩を(上)(下)
江國香織・訳　パールストリートのクレイジー女たち
江國香織　彼女たちの場合は(上)(下)
江角マキコ　もう迷わない生活

江戸川乱歩　明智小五郎事件簿 I〜XII
江戸川乱歩　明智小五郎事件簿 戦後編 I〜IV
NHKスペシャル取材班　激走！日本アルプス大縦断 密着トランスジャパンアルプスレース 富山〜静岡415km
江原啓之　子どもが危ない！ スピリチュアル・カウンセラーからの警鐘
江原啓之　いのちが危ない！ スピリチュアル・カウンセラーからの提言
M　L change the WorLd
ロバート・D・エルドリッヂ　トモダチ作戦 気仙沼大島と米軍海兵隊の奇跡の〝絆〟
遠藤彩見　みんなで一人旅
遠藤周作　勇気ある言葉
遠藤周作　父　親
遠藤周作　ぐうたら社会学
遠藤周作　愛情セミナー
遠藤周作　ほんとうの私を求めて
遠藤武文　デッド・リミット
逢坂　剛　裏切りの日日
逢坂　剛　空白の研究

逢坂　剛　情状鑑定人
逢坂　剛　よみがえる百舌《もず》
逢坂　剛　しのびよる月
逢坂　剛　水中眼鏡《ゴーグル》の女
逢坂　剛　さまよえる脳髄
逢坂　剛　配達される女
逢坂　剛　鵟《のすり》の巣
逢坂　剛　恩はあだで返せ
逢坂　剛　おれたちの街
逢坂　剛　百舌《もず》の叫ぶ夜
逢坂　剛　幻の翼
逢坂　剛　砕かれた鍵
逢坂　剛　相棒に気をつけろ
逢坂　剛　相棒に手を出すな
逢坂　剛　大迷走
逢坂　剛　墓標なき街

集英社文庫　目録（日本文学）

逢坂　剛　地獄への近道
逢坂剛他　棋翁戦てんまつ記
逢坂　剛　百舌《もず》落とし(上)(下)
大江健三郎・選　何とも知れない未来に
大江健三郎　「話して考える《シンク・トーク》」と「書いて考える《シンク・ライト》」
大江健三郎　読む人間
大岡昇平　靴の話　大岡昇平戦争小説集
大久保淳一　いのちのスタートライン
大沢在昌　悪人海岸探偵局
大沢在昌　無病息災エージェント
大沢在昌　ダブル・トラップ
大沢在昌　死角形の遺産
大沢在昌　絶対安全エージェント
大沢在昌　陽のあたるオヤジ
大沢在昌　野獣駆けろ
大沢在昌　影絵の騎士

大沢在昌　パンドラ・アイランド(上)(下)
大沢在昌　欧亜純白ユーラシアホワイト(上)(下)
大沢在昌　烙印の森
大沢在昌　漂砂の塔(上)(下)
大沢在昌　夢の島
大沢在昌　黄龍の耳
大沢在昌　罪深き海辺(上)(下)
大島里美　君と1回目の恋
大島里美　サヨナラまでの30分　side：ECHOLL
大城立裕　焼け跡の高校教師
大城立裕　レールの向こう
太田和彦　ニッポンぶらり旅　宇和島の鯛めしは生卵入りだった
太田和彦　ニッポンぶらり旅　アゴの竹輪とドイツビール
太田和彦　ニッポンぶらり旅　熊本の桜納豆は下品でうまい
太田和彦　ニッポンぶらり旅　北の居酒屋の美人ママ
太田和彦　ニッポンぶらり旅　可愛いあの娘《こ》は島育ち

太田和彦　ニッポンぶらり旅　山の宿のひとり酒
太田和彦　おいしい旅　錦市場の木の葉丼とは何か
太田和彦　おいしい旅　夏の終わりの佐渡の居酒屋
太田和彦　おいしい旅　昼の牡蠣そば、夜の渡り蟹
太田和彦　東京居酒屋十二景
太田和彦　町を歩いて、縄のれん
太田和彦　風に吹かれて、旅の酒
おおたとしまさ　人生で大切なことは、ほぼほぼ子どもが教えてくれた。
太　田　光　パラレルな世界への跳躍
大竹伸朗　カスバの男　モロッコ旅日記
大谷映芳　森とほほ笑みの国　ブータン
大槻ケンヂ　わたくしだから改
大橋　歩　くらしのきもち
大橋　歩　おいしい　おいしい
大橋　歩　テーブルの上のしあわせ
大橋　歩　日々が大切

集英社文庫　目録（日本文学）

大前研一　50代からの選択　ビジネスマンは人生の後半にどう備えるべきか
大森寿美男　重松清・原作　アゲイン　28年目の甲子園
岡崎弘明　学校の怪談
岡篠名桜　浪花ふらふら謎草紙
岡篠名桜　見ざるの天神さん　浪花ふらふら謎草紙
岡篠名桜　雪の夜明け　浪花ふらふら謎草紙
岡篠名桜　芝居巡り　浪花ふらふら謎草紙
岡篠名桜　花の懸け橋　浪花ふらふら謎草紙
岡篠名桜　屋上で縁結び
岡篠名桜　日曜日のゆうれい　屋上で縁結び
岡篠名桜　縁つむぎ　屋上で縁結び
岡田裕蔵　小説版ボクは坊さん。
岡野あつこ　ちょっと待ってその離婚！　幸せはどっちの側に？
岡本嗣郎　終戦のエンペラー　陛下をお救いなさいまし
岡本敏子　奇跡
小川糸　つるかめ助産院

小川糸　にじいろガーデン
小川貢一　築地魚の達人　魚河岸三代目
小川洋子　犬のしっぽを撫でながら
小川洋子　科学の扉をノックする
小川洋子　原稿零枚日記
小川洋子・平松洋子　洋子さんの本棚
尾北圭人　マイ・ファースト・レディ
おぎぬまX　地下芸人
荻原博子　老後のマネー戦略
荻原浩　オロロ畑でつかまえて
荻原浩　なかよし小鳩組
荻原浩　さよならバースディ
荻原浩　千年樹
荻原浩　花のさくら通り
荻原浩　逢魔が時に会いましょう
荻原浩　海の見える理髪店

荻原浩　人生がそんなにも美しいのなら　荻原浩漫画作品集
奥泉光　虫樹音楽集
奥泉光　東京自叙伝
奥田亜希子　左目に映る星
奥田亜希子　透明人間は204号室の夢を見る
奥田亜希子　青春のジョーカー
奥田英朗　東京物語
奥田英朗　真夜中のマーチ
奥田英朗　家日和
奥田英朗　我が家の問題
奥田英朗　我が家のヒミツ
奥山景布子　寄席品川清洲亭
奥山景布子　すててこ　寄席品川清洲亭二
奥山景布子　づぼらん　寄席品川清洲亭三
奥山景布子　かっぽれ　寄席品川清洲亭四
奥山景布子　義時運命の輪

集英社文庫　目録（日本文学）

長田渚左　桜色の魂　チャスラフスカはなぜ日本人を50年も愛したのか
小佐野彈　車軸
長部日出雄　古事記とは何か　稗田阿礼《ひえだのあれ》はかく語りき
長部日出雄　日本を支えた12人
小沢一郎　小沢主義《オザワイズム》　志を持て、日本人
小澤征良　おわらない夏
おすぎ　おすぎのネコっかぶり
落合信彦　モサド、その真実
落合信彦　英雄たちのバラード
落合信彦・訳　第四帝国
落合信彦　狼たちへの伝言2
落合信彦　狼たちへの伝言3
落合信彦　誇り高き者たちへ
落合信彦　太陽の馬(上)(下)
落合信彦　運命の劇場(上)(下)
ハロルド・ロビンス　落合信彦・訳　冒険者たち(上)　野性の歌
ハロルド・ロビンス　落合信彦・訳　冒険者たち(下)　愛と情熱のはてに
落合信彦　王たちの行進
落合信彦　そして帝国は消えた
落合信彦　騙《だま》し人《にん》
落合信彦　ザ・ラスト・ウォー
落合信彦　どしゃぶりの時代　魂の磨き方
落合信彦　ザ・ファイナル・オプション　騙し人II
落合信彦　虎を鎖でつなげ
落合信彦　名もなき勇者たちよ
落合信彦　小説サブプライム　世界を破滅させた人間たち
落合信彦　愛と惜別の果てに
乙一　夏と花火と私の死体
乙一　天帝妖狐
乙一　平面いぬ。
乙一　暗黒童話
乙一　ＺＯＯ１
乙一　ＺＯＯ２
古屋×乙一×兎丸　少年少女漂流記
乙一　荒木飛呂彦・原作　The Book　jojo's bizarre adventure 4th another day
乙一　箱庭図書館
乙一　僕のつくった怪物　Arknoah 1
乙一　ドラゴンファイア　Arknoah 2
乙川優三郎　武家用心集
小野一光　震災風俗嬢
小野正嗣　残された者たち
恩田陸　光の帝国　常野物語
恩田陸　ネバーランド
恩田陸　ねじの回転(上)(下)　FEBRUARY MOMENT
恩田陸　蒲公英《たんぽぽ》草紙　常野物語
恩田陸　エンド・ゲーム　常野物語
恩田陸　蛇行する川のほとり
恩田陸　スキマワラシ

集英社文庫　目録（日本文学）

- 開高　健　オーパ！
- 開高　健　風に訊け
- 開高　健　オーパ、オーパ!!　アラスカ・カナダ　カリフォルニア篇
- 開高　健　オーパ、オーパ!!　アラスカ至上篇　コスタリカ篇
- 開高　健　オーパ、オーパ!!　モンゴル・中国篇　スリランカ篇
- 開高　健　知的な痴的な教養講座
- 開高　健　風に訊け　ザ・ラスト
- 開高　健　青い月曜日
- 開高　健　流亡記／歩く影たち
- 海道龍一朗　華、散りゆけど　真田幸村　連戦記
- 海道龍一朗　早雲立志伝
- 加賀乙彦　津村節子　愛する伴侶《ひと》を失って
- 垣根涼介　月は怒らない
- 柿木奈子　さいはてにて　やさしい香りと待ちながら
- 角田光代　みどりの月
- 角田光代　佐内正史　だれかのことを強く思ってみたかった

- 角田光代　マザコン
- 角田光代　三月の招待状
- 角田光代　松尾たいこ　なくしたものたちの国
- 角田光代他　チーズと塩と豆と
- 角幡唯介　空白の五マイル　チベット、世界最大のツアンポー峡谷に挑む
- 角幡唯介　雪男は向こうからやって来た
- 角幡唯介　アグルーカの行方　129人全員死亡、フランクリン隊が見た北極
- 角幡唯介　旅人の表現術
- 梶よう子　柿のへた　御薬園同心　水上草介
- 梶よう子　お伊勢ものがたり　親子三代道中記
- 梶よう子　桃のひこばえ　御薬園同心　水上草介
- 梶よう子　花しぐれ　御薬園同心　水上草介
- 梶井基次郎　檸檬
- 梶山季之　赤いダイヤ(上)(下)
- 片野ゆか　ポチのひみつ
- 片野ゆか　ゼロ！　熊本市動物愛護センター10年の闘い

- 片野ゆか　動物翻訳家　心の声をキャッチする、飼育員のリアルストーリー
- 片野ゆか　平成犬バカ編集部
- かたやま和華　猫の手、貸します　猫の手屋繁盛記
- かたやま和華　化け猫、まかり通る　猫の手屋繁盛記
- かたやま和華　大あくびして、猫の恋　猫の手屋繁盛記
- かたやま和華　されど、化け猫は踊る　猫の手屋繁盛記
- かたやま和華　笑う猫には、福来《きた》る　猫の手屋繁盛記
- かたやま和華　ご存じ、白猫ざむらい　猫の手屋繁盛記
- 加藤　元　四百三十円の神様
- 加藤　元　本日はどうされました？
- 加藤　元　ごめん。
- 加藤　元　嫁の遺言
- 加藤　元　金猫座の男たち
- 加藤ジャンプ・原作／文　土山しげる・画　今夜はコの字で　完全版
- 加藤千恵　ハニー　ビター　ハニー
- 加藤千恵　さよならの余熱

集英社文庫　目録（日本文学）

加藤千恵　ハッピー☆アイスクリーム
加藤千恵　あとは泣くだけ
加藤千穂美　エンキリ　おひとりさま京子の事件帖
加藤友朗　移植病棟24時
加藤友朗　赤ちゃんを救え！　移植病棟24時
加藤友朗　「NO」から始めない生き方　先端医療で働く外科医の発想
加藤実秋　インディゴの夜
加藤実秋　チョコレートビースト　インディゴの夜
加藤実秋　ホワイトクロウ　インディゴの夜
加藤実秋　Dカラーバケーション　インディゴの夜
加藤実秋　ブラックスローン　インディゴの夜
加藤実秋　ロケットスカイ　インディゴの夜
加藤実秋　学園《スクール》王国《キングダム》
加藤実秋　渋谷スクランブルデイズ　インディゴ・イヴ
上遠野浩平　荒木飛呂彦・原作　恥知らずのパープルヘイズ　―ジョジョの奇妙な冒険より―
金井美恵子　恋愛太平記1・2

金子光晴　金子光晴詩集　女たちへのいたみうた
金原ひとみ　蛇にピアス
金原ひとみ　アッシュベイビー
金原ひとみ　AMEBICアミービック
金原ひとみ　オートフィクション
金原ひとみ　星へ落ちる
金原ひとみ　持たざる者
金原ひとみ　アタラクシア
金原ひとみ　パリの砂漠、東京の蜃気楼
金平茂紀　ロシアより愛をこめて　あれから30年の絶望と希望
加野厚志　龍馬暗殺者伝
加納朋子　月曜日の水玉模様
加納朋子　沙羅《さら》は和子《わこ》の名を呼ぶ
加納朋子　レインレイン・ボウ
加納朋子　七人の敵がいる
加納朋子　我ら荒野の七重奏《セプテット》

壁井ユカコ　2.43　清陰高校男子バレー部①②
壁井ユカコ　2.43　清陰高校男子バレー部　代表決定戦編①②
壁井ユカコ　2.43　清陰高校男子バレー部　春高編①②
壁井ユカコ　空への助走　福蜂工業高校運動部
鎌田實　がんばらない
鎌田實　高橋卓志　生き方のコツ　死に方の選択
鎌田實　あきらめない
鎌田實　それでもやっぱりがんばらない
鎌田實　ちょい太でだいじょうぶ
鎌田實　本当の自分に出会う旅
鎌田實　なげださない
鎌田實　たった1つ変わればうまくいく　生き方のヒント幸せのコツ
鎌田實　いいかげんがいい
鎌田實　がんばらないけどあきらめない
鎌田實　空気なんか、読まない
鎌田實　人は一瞬で変われる

集英社文庫　目録（日本文学）

集英社文庫　目録（日本文学）

神田茜　ぼくの守る星
神田茜　母のあしおと
木内昇　新選組 幕末の青嵐
木内昇　新選組裏表録《うらうえ》 地虫鳴く
木内昇　漂砂のうたう
木内昇　櫛《くし》挽《ひき》道《ち》守《もり》
木内昇　みちくさ道中
木内昇　火《ほ》影《かげ》に咲く
木内昇　万波を翔る
木崎みつ子　コンジュジ
樹島千草　太陽の子 GIFT OF FIRE
樹島千草　スケートラットに喝采を
樹島千草　映画ノベライズ耳をすませば
樹島千草　MY (K)NIGHT マイ・ナイト
岸本裕紀子　定年女子 これからの仕事、生活、やりたいこと
岸本裕紀子　定年女子 60を過ぎて働くということ

岸本裕紀子　定年女子 新たな居場所を探して
喜多喜久　真夏の異邦人 超常現象研究会のフィールドワーク
喜多喜久　リケコイ。
喜多喜久　マダラ 死を呼ぶ悪魔のアプリ
喜多喜久　青矢先輩と私の探偵部活動
北杜夫　船乗りクプクプの冒険
北大路公子　石の裏にも三年 キミコのダンゴ虫的日常
北大路公子　晴れても雪でも キミコのダンゴ虫的日常
北大路公子　いやよいやよも旅のうち
北方謙三　逃《の》がれの街
北方謙三　弔鐘《ちょうしょう》はるかなり
北方謙三　第二誕生日
北方謙三　眠りなき夜
北方謙三　逢うには、遠すぎる
北方謙三　檻《おり》
北方謙三　あれは幻の旗だったのか

北方謙三　渇きの街
北方謙三　牙
北方謙三　危険な夏—挑戦Ⅰ
北方謙三　冬の狼—挑戦Ⅱ
北方謙三　風の聖衣—挑戦Ⅲ
北方謙三　風群の荒野—挑戦Ⅳ
北方謙三　いつか友よ—挑戦Ⅴ
北方謙三　愛《いと》しき女たちへ
北方謙三　破軍の星
北方謙三　群青 神尾シリーズⅠ
北方謙三　灼光 神尾シリーズⅡ
北方謙三　炎天 神尾シリーズⅢ
北方謙三　流塵 神尾シリーズⅣ
北方謙三　林蔵の貌《かお》(上)(下)
北方謙三　そして彼が死んだ
北方謙三　波《は》王《おう》の秋《とき》

集英社文庫　目録（日本文学）

集英社文庫　目録（日本文学）

北方謙三　岳飛伝　十七　星斗の章
北方謙三・編著　盡忠報国　岳飛伝・大水滸読本
北方謙三　傷痕　老犬シリーズⅠ
北方謙三　風葬　老犬シリーズⅡ
北方謙三　望郷　老犬シリーズⅢ
北上次郎　勝手に！　文庫解説
北川歩実　金のゆりかご
北川歩実　もう一人の私
北川歩実　硝子のドレス
北川悠仁　まいんち　ゆずマン
北村薫　元気でいてよ、R2―D2。
北森鴻　メイン・ディッシュ
北森鴻　孔雀狂想曲
城戸真亜子　ほんわか介護
木下昌輝　絵金、闇を塗る
樹原アンミツ　東京藝大　仏さま研究室

木村元彦　誇り　ドラガン・ストイコビッチの軌跡
木村元彦　悪者見参
木村元彦　オシムの言葉
木村元彦　蹴る群れ
木村元彦　新版　悪者見参　ユーゴスラビアサッカー戦記
木村元彦　争うは本意ならねど　日本サッカーを救った我那覇《がなは》和樹と彼を支えた人々の美《ちゅ》らゴール
木村友祐　幼な子の聖戦
京極夏彦　どすこい。
京極夏彦　南極。
京極夏彦　文庫版　虚言少年
京極夏彦　文庫版　書《しょ》楼《ろう》弔《とむらい》堂《どう》　破《は》暁《ぎょう》
京極夏彦　文庫版　書《しょ》楼《ろう》弔《とむらい》堂《どう》　炎《えん》昼《ちゅう》
清川妙　人生のお福分け
桐野夏生　リアルワールド
桐野夏生　I'm sorry, mama.
桐野夏生　I N

桐野夏生　バラカ（上）（下）
桐野夏生　燕は戻ってこない
久坂部羊　嗤う名医
久坂部羊　テロリストの処方
久坂部羊　怖い患者
櫛木理宇　赤と白
久住昌之　野武士、西へ　二年間の散歩
工藤直子　象のブランコ　――とうちゃんと
工藤律子　マラス　暴力に支配される少年たち
窪美澄　やめるときも、すこやかなるときも
久保寺健彦　ハロワ！
久保寺健彦　青少年のための小説入門
熊谷達也　ウエンカムイの爪
熊谷達也　漂泊の牙
熊谷達也　まほろばの疾風《かぜ》
熊谷達也　山背郷

集英社文庫

我《わ》が友《とも》、スミス

2024年3月25日　第1刷　　定価はカバーに表示してあります。

著　者　石田夏穂《いしだかほ》

発行者　樋口尚也

発行所　株式会社　集英社
東京都千代田区一ツ橋2-5-10　〒101-8050
電話【編集部】03-3230-6095
【読者係】03-3230-6080
【販売部】03-3230-6393（書店専用）

印　刷　大日本印刷株式会社

製　本　ナショナル製本協同組合

フォーマットデザイン　アリヤマデザインストア　　マークデザイン　居山浩二

ISBN978-4-08-744627-2 C0193